卞尺丹几乙し丹卞と
Translated Language Learning

Alice's Adventures in Wonderland

Aventurile lui Alice în Țara Minunilor

Lewis Carroll

English / Română

Copyright © 2024 Tranzlaty
All rights reserved
Published by Tranzlaty
ISBN: 978-1-83566-726-2
Original text: Alice's Adventures in Wonderland
by Lewis Carroll (1865)
Abridged by Sam'l Gabriel Sons (1916)
www.tranzlaty.com

Down the Rabbit Hole
În gaura iepurelui

Alice was beginning to get very tired
Alice începea să obosească foarte tare
she was sitting by her sister on the grass bank
stătea lângă sora ei pe malul de iarbă
but she had nothing to do
dar nu avea nimic de făcut
her sister was reading a book
sora ei citea o carte
once or twice Alice peeped into the book
o dată sau de două ori Alice a aruncat o privire în carte
but the book had no pictures or conversations in it
dar cartea nu avea imagini sau conversații în ea
"what use is a book without pictures?," thought Alice
"Ce rost are o carte fără imagini?", se gândi Alice
"why would a book have no conversations?"
"De ce o carte nu ar avea conversații?"
but she had other things to consider
dar avea alte lucruri de luat în considerare

"making a chain of daisies would be a pleasure"
"Ar fi o plăcere să faci un lanț de margarete"
"but is it worth the effort of getting up and picking the daisies??"
"Dar merită efortul de a te ridica și de a culege margaretele??"
this was not so easy to think about
Nu a fost atât de ușor să te gândești la asta
because the day was making her feel sleepy and stupid
pentru că ziua o făcea să se simtă somnoroasă și proastă.
but suddenly her thoughts were interrupted
dar deodată gândurile ei au fost întrerupte
a White Rabbit with pink eyes ran close by her
un iepure alb cu ochi roz a alergat aproape de ea

There was nothing overly remarkable about the rabbit
Nu era nimic prea remarcabil la iepure
and Alice did not think the rabbit remarkable either
și nici Alice nu a crezut că iepurele este remarcabil
nor did it surprise her when the Rabbit spoke
nici nu a surprins-o când Iepurele a vorbit

"Oh dear! I shall be too late!" he said to himself
"Oh, dragă! Voi fi prea târziu!" și-a spus el
but then the Rabbit did something that rabbits didn't do
dar apoi Iepurele a făcut ceva ce iepurii nu au făcut
the Rabbit took a watch out of its waistcoat-pocket
Iepurele scoase un ceas din buzunarul vestei
he looked at the time and then hurried on
S-a uitat la oră și apoi s-a grăbit
Alice got to her feet, in amazement
Alice s-a ridicat în picioare, uimită
she had never seen a rabbit with a waistcoat before!
Nu mai văzuse niciodată un iepure cu vestă!
nor had she ever seen a rabbit with a watch!
nici nu văzuse vreodată un iepure cu ceas!
Alice was burning with a new curiosity
Alice ardea de o nouă curiozitate
and she ran across the field after the Rabbit
și a alergat pe câmp după Iepure
she was just in time to see the rabbit disappear
A fost exact la timp să vadă iepurele dispărând
the rabbit hopped down into a large rabbit-hole
iepurele a sărit într-o gaură mare de iepure
In another moment, down went Alice after the rabbit!
Într-o clipă, Alice a coborât după iepure!
The rabbit-hole went straight on like a tunnel
Gaura iepurelui a mers drept ca un tunel
and the tunnel kept going for some distance
și tunelul a continuat să meargă pe o anumită distanță
and then the path suddenly dipped down
și apoi cărarea s-a scufundat brusc
Alice had not a moment to think about stopping herself
Alice nu a avut nici o clipă să se gândească să se oprească
she found herself falling down and down and down
s-a trezit căzând și în jos și în jos
it seemed as if she had fallen down a very deep well
părea că a căzut într-o fântână foarte adâncă
Either the well was very deep, or she fell very slowly

Fie fântâna era foarte adâncă, fie cădea foarte încet
because she had plenty of time to fall
pentru că a avut suficient timp să cadă
as she was falling she could look all around her
în timp ce cădea, se putea uita în jur
First, she tried to make out where she was going
Mai întâi, a încercat să-şi dea seama unde se îndreaptă
but the well was too dark to see anything
dar fântâna era prea întunecată pentru a vedea ceva
then she looked at the sides of the well
apoi s-a uitat la marginea fântânii
and she noticed that there were cupboards all around her
şi a observat că erau dulapuri peste tot în jurul ei
and all around the well were book-shelves
şi peste tot în fântână erau rafturi de cărţi
here and there she saw maps and pictures hung upon pegs
ici şi colo a văzut hărţi şi tablouri atârnate de cuie
She took down a jar from one of the shelves as she passed
A scos un borcan de pe unul dintre rafturi în timp ce trecea
the jar was labelled for its content
Borcanul a fost etichetat pentru conţinutul său
"MARMALADE MADE FROM ORANGES"
"MARMELADĂ DIN PORTOCALE"
but, to her great disappointment, the marmalade jar was empty
dar, spre marea ei dezamăgire, borcanul de marmeladă era gol
she did not want to drop the empty marmalade jar
nu voia să scape borcanul gol de marmeladă
and her fall was very slow
şi căderea ei a fost foarte lentă
so she managed to put the marmalade jar into one of the cupboards
aşa că a reuşit să pună borcanul de marmeladă într-unul dintre dulapuri
Down, down, down she fall!
Jos, jos, jos ea cade!
Would the fall ever come to an end?

Va lua vreodată sfârșit toamna?
There was nothing else to do
Nu era nimic altceva de făcut
so Alice soon began talking to herself
așa că Alice a început curând să vorbească cu ea însăși
"Dinah will miss me very much tonight, I should think!"
— Dinah o să-i fie foarte dor de mine în seara asta, cred!
Dinah was Alice's cat
Dinah era pisica lui Alice
"I hope they'll remember her saucer of milk at tea-time"
— Sper că își vor aminti farfuria ei cu lapte la ora ceaiului.
"Dinah, my dear, I wish you were down here with me!"
"Dinah, draga mea, aș vrea să fii aici jos cu mine!"
Alice felt that she was dozing off
Alice simțea că moțăie
and then suddenly, thump! thump!
și apoi, dintr-o dată, lovitură! Bătaie!
down she fell upon a heap of sticks
A căzut pe o grămadă de bețe
and she landed on a pile of dry leaves
și a aterizat pe o grămadă de frunze uscate
and finally the long fall down the hole was over
și în cele din urmă căderea lungă în gaură s-a terminat
Alice was not a bit hurt
Alice nu a fost deloc rănită
and she jumped up within a moment
și a sărit în sus într-o clipă
She looked up, but it was all dark overhead
Ea s-a uitat în sus, dar totul era întuneric deasupra capului
in front of her was another long corridor
În fața ei era un alt coridor lung
and the White Rabbit was still in sight
iar Iepurele Alb era încă la vedere
he was hurrying down the corridor
se grăbea pe coridor
There was not a moment to be lost
Nu era nici un moment de pierdut

off ran Alice like the wind
Alice a fugit ca vântul
around the corner turned the rabbit
după colţ s-a întors iepurele
she was just in time to hear the rabbit
A fost exact la timp să audă iepurele
""Oh, my ears and whiskers"
"Oh, urechile şi mustăţile mele"
"how late it's getting!"
"Cât de târziu se face!"
She was close behind the rabbit
Era aproape în spatele iepurelui
she turned around another corner
S-a întors după un alt colţ
but the Rabbit was no longer to be seen
dar Iepurele nu mai era de văzut
She found herself in a long, low hall
S-a trezit într-o sală lungă şi joasă
the hall was lit up by a row of ceiling lamps
Sala era luminată de un rând de lămpi de tavan
There were doors all around the hall
Erau uşi peste tot în hol
but all the doors were locked
dar toate uşile erau încuiate
she walked all the way down one side of the hall
A mers pe o parte a holului
and she had walked all the way up the other side of the hall
şi a mers până la cealaltă parte a sălii
she had tried every door
încercase fiecare uşă
and she walked sadly down the middle of the hall
şi a mers tristă în mijlocul holului
"how am I ever going to get out again?"
"Cum voi mai ieşi vreodată?"

Suddenly she came upon a little table
Deodată a dat peste o măsuță
the table was made entirely of solid glass
masa era făcută în întregime din sticlă solidă
There was nothing on the table but a tiny golden key
Nu era nimic pe masă decât o cheie mică de aur
the key might belong to one of the doors!
cheia ar putea aparține uneia dintre uși!
but, alas! some of the locks were too large for the keys
dar, vai! unele dintre încuietori erau prea mari pentru chei
and for the other locks the key was too small
iar pentru celelalte încuietori cheia era prea mică
but, at any rate, the key opened none of the doors
dar, în orice caz, cheia nu a deschis nici una dintre uși
but what was she to do?
dar ce trebuia să facă?
she went through the hall again
A trecut din nou prin hol
and this time she noticed a low curtain

și de data aceasta a observat o perdea joasă
behind the curtain was a little door
în spatele cortinei era o ușă mică
the door was about fifteen inches high
ușa avea aproximativ cincisprezece centimetri înălțime
She tried the little golden key in the lock
A încercat cheia de aur din încuietoare
and to her great delight, the key fit in the lock!
și spre marea ei încântare, cheia a încăput în încuietoare!
Alice opened the door
Alice a deschis ușa
and she found the door led into a small corridor
și a găsit ușa care ducea într-un mic coridor
the corridor was not much larger than a rat-hole
Coridorul nu era cu mult mai mare decât o gaură de șobolan
she knelt down and looked along the corridor
A îngenuncheat și s-a uitat de-a lungul coridorului
and she saw the loveliest garden you have ever seen
și a văzut cea mai frumoasă grădină pe care ai văzut-o
vreodată
how she longed to get out of that dark hall
cât de mult tânjea să iasă din acea sală întunecată
how she wanted to wander among those bright flowers
cum voia să rătăcească printre acele flori strălucitoare
how cool refreshing those fountains looked
Cât de răcoritoare arătau acele fântâni
but she could not even get her head through the doorway
dar nici măcar nu putea să-și scoată capul prin ușă
"Oh," said Alice, mournfully
— Oh, spuse Alice cu tristețe
"how I wish I could fold up like a telescope!"
"cât de mult aș vrea să mă pot plia ca un telescop!"
"I think I could fold up like a telescope"
"Cred că aș putea să mă pliez ca un telescop"
"if I only knew how to begin"
"Dacă aș ști cum să încep"
Alice went back to the table

Alice s-a întors la masă
there was the chance of finding another key
exista șansa de a găsi o altă cheie
or there might be a book of rules
sau ar putea exista o carte de reguli
the book could tell her how to fold up like a telescope
cartea i-ar putea spune cum să se plieze ca un telescop
This time she found a little bottle
De data aceasta a găsit o sticlă mică
"this bottle certainly was not here before," said Alice
— Cu siguranță că sticla asta nu mai fusese aici, spuse Alice
and tied around the neck of the bottle was a paper label
și legată în jurul gâtului sticlei era o etichetă de hârtie
the label was beautifully printed in large letters
eticheta era frumos imprimată cu litere mari
"DRINK ME"
"BEA-ME"
"No, I'll look first," she said
"Nu, mă voi uita mai întâi", a spus ea
"I'll see whether the bottle is marked as poisonous or not,"
"Voi vedea dacă sticla este marcată ca otrăvitoare sau nu."
because she never forgot the lesson about poison
pentru că nu a uitat niciodată lecția despre otravă
"if a bottle is labelled poisonous, it's bound to disagree with you"
"Dacă o sticlă este etichetată ca otrăvitoare, este obligat să nu fie de acord cu tine"
However, this bottle was not marked as poisonous
Cu toate acestea, această sticlă nu a fost marcată ca otrăvitoare
so Alice ventured to taste the content of the bottle
așa că Alice a îndrăznit să guste conținutul sticlei
she found the liquid quite to her liking
A găsit lichidul pe placul ei
the drink had a sort of mixed flavour
băutura avea un fel de aromă mixtă
cherry-tart, custard, and pineapple
tartă de cireșe, cremă și ananas

roast turkey, toffee, and toast with hot butter
curcan prăjit, caramel și pâine prăjită cu unt fierbinte
and she soon finished off the bottle
și curând a terminat sticla
"What a curious feeling!" said Alice
— Ce sentiment ciudat! spuse Alice
"I am folding up like a telescope!"
"Mă pliez ca un telescop!"
And she was folding up like a telescope indeed!
Și se plia ca un telescop într-adevăr!
She was now only ten inches high
Acum avea doar zece centimetri înălțime
and her face brightened up at her thoughts
și fața i s-a luminat la gânduri
now she was the the right size for the little door
acum avea dimensiunea potrivită pentru ușa mică
now she could go into that lovely garden
acum putea intra în acea grădină minunată
soon she stopped getting smaller
Curând a încetat să mai micșoreze
she decided on going into the garden at once
S-a hotărât să meargă imediat în grădină
but, alas for poor Alice!
dar, vai de biata Alice!
she got to the door
a ajuns la ușă
but she had forgotten the little golden key
dar uitase cheia de aur
she went back to the table for the key
s-a întors la masă după cheie
but she found she could not reach high enough
dar ea a descoperit că nu poate ajunge suficient de sus
she could see the key quite plainly through the glass
putea vedea cheia destul de clar prin geam
she tried to climb up the legs of the table
a încercat să se cațere pe picioarele mesei
but the glass was far too slippery

dar paharul era mult prea alunecos
eventually she tired herself out with trying
În cele din urmă s-a obosit încercând
and the poor little girl sat down and cried
și biata fetiță s-a așezat și a plâns
Alice spoke to herself rather sharply
Alice a vorbit cu ea însăși destul de aspru
"Come, there's no use in crying like that!"
"Hai, nu are rost să plângi așa!"
"I advise you to stop right this minute!"
"Te sfătuiesc să te oprești chiar acum!"
She generally gave herself very good advice
În general, își dădea sfaturi foarte bune
though she very seldom followed her own advice
deși foarte rar și-a urmat propriul sfat
and she sometimes was too harsh on herself
și uneori era prea aspră cu ea însăși
and her words brought tears into her eyes
și cuvintele ei i-au adus lacrimi în ochi
Soon her eye fell upon a little glass box
Curând ochii ei au căzut pe o cutie mică de sticlă
the little glass box was lying under the table
cutia de sticlă zăcea sub masă
in the glass box was a very small cake
În cutia de sticlă era o prăjitură foarte mică
on the cake some words were beautifully written
Pe tort erau scrise frumos câteva cuvinte
the words had been marked in currants
cuvintele fuseseră marcate cu coacăze
"EAT ME"
"MĂNÂNCĂ-ME"
"Well, I'll eat the cake," said Alice
"Ei bine, voi mânca tortul", a spus Alice
"and if the cake makes me grow larger, I can reach the key"
"și dacă tortul mă face să cresc mai mare, pot ajunge la cheie"
"and if the cake makes me grow smaller, I can creep under the door"

"și dacă tortul mă face să devin mai mic, mă pot strecura pe sub ușă"
"so either way I'll get into the garden"
"așa că oricum voi intra în grădină"
"and I don't care which of the two happens!"
"și nu-mi pasă care dintre cele două se întâmplă!"
She ate a little bit of the cake
A mâncat puțin din tort
and she anxiously spoke to herself:
și își spuse neliniștită:
"Which way? Which way?"
"În ce direcție? În ce direcție?"
and she held her hand on her head
și și-a ținut mâna pe cap
she wanted to feel which way she was growing
Voia să simtă în ce direcție crește
she was quite surprised to find what had happened
A fost destul de surprinsă să afle ce s-a întâmplat
she had remained the same size!
rămăsese la aceeași dimensiune!
so this time she doubled her efforts
așa că de data aceasta și-a dublat eforturile
and soon she finished off the whole cake
și curând a terminat tot tortul

The Pool of Tears
Balta de lacrimi

"This is getting more and more interesting!" cried Alice
— Devine din ce în ce mai interesant! strigă Alice
You can see she was very surprised
Puteți vedea că a fost foarte surprinsă
"I'm opening out like the largest telescope there ever was!"
"Mă deschid ca cel mai mare telescop care a existat vreodată!"
"Good-bye, feet! Oh, my poor little feet"
"La revedere, picioare! Oh, sărmanele mele picioare"
"I wonder who will put on your shoes for you now, dears?"
"Mă întreb cine vă va pune pantofii acum, dragilor?"
"and I wonder who will put on your stockings?"
și mă întreb cine îți va pune ciorapii?
"I shall be a great deal too far away"
"Voi fi mult prea departe"
"I won't be able trouble myself about you anymore"
"Nu mă voi mai putea deranja pentru tine"
Just at this moment her head struck against something
Chiar în acel moment capul ei s-a lovit de ceva
she had reached the roof of the hall
ajunsese pe acoperișul sălii
in fact, she was now more than two meters tall
de fapt, acum avea mai mult de doi metri înălțime
and she at once took up the little golden key
și a luat imediat cheia mică de aur
and she hurried off to the garden door
și s-a grăbit să ajungă la ușa grădinii
Poor Alice! There was not much she could do
Biata Alice! Nu putea face mare lucru
she laid down on one side
S-a întins într-o parte
and she looked through into the garden with one eye
și s-a uitat prin grădină cu un ochi
but to get through was more hopeless than ever
dar să treci era mai fără speranță ca niciodată
She sat down and began to cry again

S-a așezat și a început să plângă din nou
She went on shedding gallons of tears
A continuat să verse litri de lacrimi
soon there was a large pool all around her
curând a fost o piscină mare în jurul ei
and the water reached half-way down the hall
și apa a ajuns la jumătatea holului
After a time, she heard a little pattering of feet
După un timp, a auzit un mic zgomot de picioare
she heard the feet coming from the distance
a auzit picioarele venind de la distanță
and she hastily dried her eyes to see what was coming
și și-a uscat în grabă ochii să vadă ce urmează
It was the White Rabbit returning
Era Iepurele Alb care se întorcea
he was splendidly dressed
era îmbrăcat splendid
he had a pair of white gloves in one hand
Avea o pereche de mănuși albe într-o mână
and he had a large feather fan in the other hand
și avea un evantai mare de pene în cealaltă mână
He came trotting along in a great hurry
A venit la trap în mare grabă
and he muttered to himself, "Oh! the Duchess, the Duchess!"
și a murmurat în sinea sa: "Oh! ducesa, ducesa!"
"Oh! won't she be savage if I've kept her waiting!"
"Oh! nu va fi sălbatică dacă am lăsat-o să aștepte!"

When the Rabbit came near her, Alice spoke
Când Iepurele s-a apropiat de ea, Alice a vorbit
but she spoke in a low, timid voice
dar vorbea cu o voce joasă și timidă
"sir, please stop what you're doing for one moment"
"Domnule, vă rog să opriți ceea ce faceți pentru o clipă"
The Rabbit startled violently
Iepurele a tresărit violent
he dropped the white gloves and the feather fan
A scăpat mănușile albe și evantaiul cu pene
and he scurried away into the darkness as fast as he could
și a fugit în întuneric cât de repede a putut
Alice picked up the feather fan and gloves
Alice a luat evantaiul de pene și mănușile
and she kept fanning herself while she kept talking
și se tot evantaia în timp ce continua să vorbească
"Dear, dear! How strange everything is today!"
"Dragă, dragă! Cât de ciudat este totul astăzi!"
"yesterday things went on just as usual"

"Ieri lucrurile au mers ca de obicei"
"Was I the same when I got up this morning?"
"Am fost la fel când m-am trezit azi dimineață?"
"But if I'm not the same, there is another question"
"Dar dacă nu sunt la fel, există o altă întrebare"
"Who in the world am I?"
"Cine naiba sunt eu?"
"Ah, that's the great puzzle!"
"Ah, asta e marea enigmă!"
As she said this, she looked down at her hands
În timp ce spunea asta, s-a uitat în jos la mâinile ei
she was wearing one of the rabbits little white gloves
purta una dintre mănușile albe ale iepurelui
she hadn't noticed she put the glove on while talking
Nu observase că își punea mănușa în timp ce vorbea
"How can I have done that?" she thought
"Cum am putut face asta?" se gândi ea
"I must be growing small again"
"Trebuie să devin mic din nou"
She got up and went to the table to measure her height
S-a ridicat și s-a dus la masă să-și măsoare înălțimea
she found that she was now about half a meter tall
A descoperit că acum avea aproximativ jumătate de metru
înălțime
and she was still shrinking rapidly
și ea încă se micșorează rapid
She soon found out what the cause of the shrinking was
Curând a aflat care a fost cauza micșorării
the feather fan was making her smaller again!
Evantaiul cu pene o făcea din nou mai mică!
and she dropped the feather fan hastily
și a scăpat în grabă evantaiul obie pene
she dropped the feather fan just in time to save herself
A scăpat evantaiul de pene exact la timp pentru a se salva
**had she fanned herself any longer she would have shrunk
away entirely**
dacă s-ar fi mai evantaiat, s-ar fi retras complet

"That was a narrow escape!" said Alice
— A fost o scăpare la limită! spuse Alice
and she was a good deal frightened at the sudden change
și era destul de speriată de schimbarea bruscă
but she was very glad to find herself still in existence
dar era foarte bucuroasă să se afle încă în existență
"And now, off to the garden!"
"Și acum, la grădină!"
And she ran with all speed back to the little door
Și a alergat cu toată viteza înapoi la ușa mică
but, alas! the little door was shut again
dar, vai! ușa mică s-a închis din nou
and the little golden key was lying on the glass table again
și cheia mică de aur zăcea din nou pe masa de sticlă
"Things are worse than ever," thought the poor child
"Lucrurile sunt mai rele ca niciodată", se gândi bietul copil
"I never was so small as this before, never!"
"Niciodată nu am fost atât de mică ca asta, niciodată!"
As she said these words, her foot slipped
În timp ce spunea aceste cuvinte, piciorul îi alunecă
and in another moment there was a great splash!
și într-o altă clipă s-a făcut o mare stropire!
she was up to her chin in salt-water
era până la bărbie în apă sărată
Her first idea was that she had somehow fallen into the sea
Prima ei idee a fost că a căzut cumva în mare
However, she soon realized what she was in
Cu toate acestea, și-a dat seama curând în ce se afla
she was in a pool of tears
era într-o baltă de lacrimi
the tears she had wept when she was two meters tall
lacrimile pe care le plânsese când avea doi metri înălțime

Just then she heard something
Chiar atunci a auzit ceva
something was splashing about in the pool
ceva se bălăcea în piscină
the splashing came from a little way off
Stropirea venea de la mică distanță
and she swam nearer to see what the splashing was
și a înotat mai aproape să vadă ce stropește
she soon saw that it was only a little mouse
Curând a văzut că era doar un șoarece mic
the little mouse had slipped in to the water too
șoarecele alunecat și el în apă
Alice thought to herself about the situation
Alice s-a gândit la situație
"Would it be of any use to speak to this mouse?"
— Ar fi de vreun folos să vorbesc cu șoarecele ăsta?
"Everything is so up-side-down down here"
"Totul este atât de răsturnat aici jos"
"I should think very likely this mouse can talk"

"Cred că foarte probabil acest șoarece poate vorbi"
"at any rate, there's no harm in trying"
"În orice caz, nu este rău să încerci"
So she began trying to talk to the mouse
Așa că a început să încerce să vorbească cu șoarecele
"Oh Mouse, do you know the way out of this pool?"
"Oh, șoarece, știi cum să ieși din această piscină?"
"I am very tired of swimming about here, Oh Mouse!"
"M-am săturat foarte mult să înot pe aici, Oh Mouse!"
The mouse looked at her rather inquisitively
Șoarecele s-a uitat la ea destul de curios
the mouse seemed to wink with one of its little eyes
șoarecele părea să clipească cu unul dintre ochii săi mici
but the little mouse said nothing
dar micul șoarece nu a spus nimic
"Perhaps the mouse doesn't understand English," thought Alice
"Poate că șoarecele nu înțelege engleza", se gândi Alice
"I dare say it's a French mouse"
"Îndrăznesc să spun că este un șoarece franțuzesc"
"perhaps this mouse came over with William the Conqueror"
"poate că acest șoarece a venit cu William Cuceritorul"
So she began again, in French
Așa că a început din nou, în franceză
"Where is my cat?" she asked in French
"Unde este pisica mea?" a întrebat ea în franceză
it was the first sentence in her French lesson-book
era prima propoziție din cartea ei de lecții de franceză
The Mouse gave a sudden leap out of the water
Șoarecele a făcut un salt brusc din apă
and the mouse seemed to quiver all over with fright
iar șoarecele părea să tremure de frică
"Oh, I beg your pardon!" cried Alice hastily
— Oh, vă cer iertare! strigă Alice în grabă
she was afraid that she had hurt the poor animal's feelings
Se temea că a rănit sentimentele bietului animal
"I quite forgot you didn't like cats"

"Am uitat că nu-ți plac pisicile"
"I don't like cats!" cried the Mouse in a shrill, passionate voice
"Nu-mi plac pisicile!" a strigat Șoarecele cu o voce stridentă și pasională
"Would you like cats, if you were me?"
"Ți-ar plăcea pisicile, dacă ai fi în locul meu?"
Alice comforted the mouse in a soothing tone
Alice a mângâiat șoarecele pe un ton liniștitor
"Well, perhaps I would not like cats if I were you either"
"Ei bine, poate că nici mie nu mi-ar plăcea pisicile dacă aș fi în locul tău"
"please don't be angry about the mention of cats"
"Vă rog să nu vă supărați pentru menționarea pisicilor"
"And yet I wish I could show you our cat Dinah"
"Și totuși aș vrea să-ți pot arăta pisica noastră Dinah"
"if you met her I think you'd take a fancy to cats"
"Dacă ai întâlni-o, cred că ți-ar plăcea pisicile"
"if you could only see her"
"Dacă ai putea să o vezi"
"She is such a dear, quiet thing"
"Este o ființă atât de dragă și tăcută"
The mouse was shaking all over
Șoarecele tremura peste tot
Alice felt certain the mouse must be really offended
Alice era sigură că șoarecele trebuie să fie cu adevărat jignit
"We won't talk about her any more, if you'd rather not"
"Nu vom mai vorbi despre ea, dacă preferi să nu"
"We, indeed!" cried the Mouse
"Noi, într-adevăr!" a strigat Șoarecele
the mouse was trembling down to the end of its tail
șoarecele tremura până la capătul cozii
"As if I would talk on such a subject!"
— Ca și cum aș vorbi despre un astfel de subiect!
"Our family always hated cats"
"Familia noastră a urât întotdeauna pisicile"
"cats; nasty, low, vulgar things!"

"pisici; lucruri urâte, josnice, vulgare!"

"Don't let me hear the name again!"

"Nu mă lăsa să aud numele din nou!"

"I won't mention cats again indeed!" said Alice

— Nu voi mai pomeni pisici, într-adevăr, spuse Alice

she was in a great hurry to change the subject

Se grăbea să schimbe subiectul

"Are you... are you fond of dogs?"

"Ești... Îți plac câinii?"

"There is such a nice little dog near our house,"

"E un cățeluș atât de drăguț lângă casa noastră."

"I should like to show you the little dog!"

"Aș vrea să-ți arăt cățelușul!"

"this little dog kills all the rats and...

"Acest cățeluș ucide toți șobolanii și..."

"oh, dear!" cried Alice in a sorrowful tone

— Oh, dragă! strigă Alice pe un ton trist

"I'm afraid I've offended you again!"

"Mi-e teamă că te-am jignit din nou!"

the mouse was swimming away from her as fast as it could go

șoarecele se îndepărta de ea cât de repede putea

and the mouse made quite a commotion in the pool

iar șoarecele a făcut o mare agitație în piscină

So she called softly after the mouse

Așa că a strigat încet după șoarece

"my dear mouse, please come back!"

"Dragul meu șoarece, te rog să te întorci!"

"and we won't talk about cats"

"Și nu vom vorbi despre pisici"

"and we don't have to talk about dogs either"

"Și nici nu trebuie să vorbim despre câini"

When the mouse heard this, it turned around

Când șoarecele a auzit asta, s-a întors

and the little mouse swam slowly back to her

și șoarecele a înotat încet înapoi la ea

the mouse's face was quite pale

fața șoarecelui era destul de palidă
and the mouse spoke, in a low, trembling voice
și șoarecele a vorbit cu o voce joasă și tremurândă
"Let us get to the shore"
"Să ajungem la țărm"
"and then I'll tell you my history"
"și apoi îți voi spune istoria mea"
"and you'll understand why it is I hate cats and dogs"
"și vei înțelege de ce urăsc pisicile și câinii"
It had become high time to go
Era timpul să plec
because the pool was getting quite crowded
pentru că piscina devenea destul de aglomerată
other birds and animals had fallen into the pool
alte păsări și animale căzuseră în piscină
there were a Duck and a Dodo
erau o rață și un dodo
and there was a Lory bird and an Eaglet
și mai era o pasăre Lory și un vultur
and there were several other interesting looking creatures
și mai erau câteva creaturi interesante
Alice led the way out the pool
Alice a condus calea de ieșire din piscină
and the whole party of animals swam to the shore
și întregul grup de animale a înotat până la țărm

A caucus race and a long tail

O cursă de caucus și o coadă lungă

They were indeed a funny-looking bunch of animals

Erau într-adevăr o grămadă de animale cu aspect amuzant

and they all assembled on the water's bank

și s-au adunat cu toții pe malul apei

the birds all had bedraggled feathers

toate păsările aveau pene zdrobite

and the furry animals were soaked through

iar animalele blănoase erau ude

and all were dripping wet, annoyed and uncomfortable

și toate erau ude, enervate și incomode

there was one question that had to be answered first

A existat o întrebare la care trebuia să se răspundă mai întâi

what is the best way for everyone to get dry?

Care este cel mai bun mod pentru toată lumea de a se usca?

They had a consultation about this matter

Au avut o consultare pe această temă

soon they were all on familiar terms

curând au fost cu toții în relații familiare

it was as if she had known them all her life

Era ca şi cum i-ar fi cunoscut toată viaţa
the mouse seemed to be a person of some authority
şoarecele părea a fi o persoană cu o anumită autoritate
"Sit down, all of you, and listen to me!
"Aşezaţi-vă, cu toţii, şi ascultaţi-mă!
"I'll soon make you all dry again!"
"În curând vă voi usca din nou pe toţi!"
They all sat down at once, in a large ring
S-au aşezat cu toţii deodată, într-un inel mare
and the little mouse sat in the middle
şi şoarecele stătea în mijloc
"Ahem!" said the mouse with an important air
"Ahem!" a spus şoarecele cu un aer important
"Are you all ready?"
"Sunteţi cu toţii gata?"
"This is the driest thing I know"
"Acesta este cel mai uscat lucru pe care îl cunosc"
"Silence all around, if you please!"
"Tăcere peste tot, te rog!"
"William the Conqueror was favoured by the pope"
"William Cuceritorul a fost favorizat de papă"
"but he was soon submitted to by the English"
"dar în curând a fost supus de englezi"
"they wanted leaders of late"
"Au vrut lideri în ultima vreme"
"and they had been accustomed to power and conquest"
"şi erau obişnuiţi cu puterea şi cucerirea"
"Edwin and Morcar, the Earls of Mercia and Northumbria"
"Edwin şi Morcar, conţii de Mercia şi Northumbria"
"Ugh!" said the lori bird, with a shiver
"Ugh!" a spus pasărea lori, cu un fior
"and even Stigand, the patriotic archbishop of Canterbury"
"şi chiar Stigand, arhiepiscopul patriot de Canterbury"
"he also found it advisable"
"De asemenea, i s-a părut recomandabil"
"What did he find advisable?" said the duck
"Ce i s-a părut de cuviinţă?" a spus raţa

"He found it advisable" the mouse replied rather crossly
"I s-a părut recomandabil", a răspuns șoarecele destul de supărat
but the duck was not satisfied
dar rața nu era mulțumită
"of course, you know what 'it' means"
"Desigur, știi ce înseamnă "asta"
"I know what 'it' is when I find a thing," said the duck
"Știu ce înseamnă când găsesc ceva", a spus rața
"it's generally a frog or a worm"
"În general, este o broască sau un vierme"
"The question is, what did the archbishop find?"
"Întrebarea este, ce a găsit arhiepiscopul?"
The mouse did not notice this question
Mouse-ul nu a observat această întrebare
instead, the mouse hurriedly went on with the speech
În schimb, șoarecele a continuat în grabă cu discursul
"he found it advisable to go with Edgar Atheling"
"i s-a părut recomandabil să meargă cu Edgar Atheling"
"to meet William and offer him the crown"
"pentru a-l întâlni pe William și a-i oferi coroana"
the mouse continued, turning to Alice as it spoke
șoarecele a continuat, întorcându-se spre Alice în timp ce vorbea
"How are you getting on now, my dear?"
"Cum te descurci acum, draga mea?"
"As wet as ever," said Alice in a melancholy tone
— La fel de ud ca întotdeauna, spuse Alice pe un ton melancolic
"this story doesn't seem to dry me at all"
"Această poveste nu pare să mă usuce deloc"
"In that case," said the dodo solemnly, rising to its feet
"În acest caz", a spus dodo solemn, ridicându-se în picioare
"I vote that the meeting be adjourned"
"Votez ca ședința să fie amânată"
"and I propose an immediate adoption of more energetic remedies"

"şi propun adoptarea imediată a remediilor mai energice"
"Speak real words!" said the eaglet
"Spune cuvinte adevărate!" a spus vulturul
"I don't know the meaning of half of those long words"
"Nu ştiu semnificaţia a jumătate din acele cuvinte lungi"
"and, what's more, I don't believe you know either!"
şi, mai mult, nu cred că ştii nici tu!
"What I was going to say," said the dodo in an offended tone
"Ce aveam de gând să spun", a spus dodo-ul pe un ton ofensat
"the best thing to get us dry would be a caucus-race"
"Cel mai bun lucru pentru a ne usca ar fi o cursă de caucus"
"What is a caucus-race?" said Alice
— Ce este o cursă de caucus? întrebă Alice

"Well," said the dodo, "the best way to explain it is to do it"
"Ei bine", a spus dodo-ul, "cel mai bun mod de a explica este să
o faci"
"First the dodo marked out a race-course"
"Mai întâi dodo a marcat un hipodrom"
"the track was in a sort of circle"
"Pista era într-un fel de cerc"
"and then all the party were placed along the course"
"Şi apoi tot grupul a fost aşezat de-a lungul traseului"
There was no "One, two, three and away!"
Nu a fost "Unu, doi, trei şi departe!"

but they began running when they liked
dar au început să alerge când au vrut
and they also finished when they liked
și au terminat și când au vrut
so it was not easy to know when the race was over
așa că nu a fost ușor să știi când s-a terminat cursa
after half an hour or so of running they were all quite dry
După aproximativ o jumătate de oră de alergare, toate erau destul de uscate
the dodo suddenly called out, "The race is over!"
dodo a strigat brusc: "Cursa s-a terminat!"
and they all crowded around the dodo
și toți s-au înghesuit în jurul dodo-ului
all the animals were panting and puffing
toate animalele gâfâiau și pufăiau
and they all wanted to know, "But who has won?"
și toți au vrut să știe: "Dar cine a câștigat?"
This question the dodo could not immediately answer
La această întrebare dodo-ul nu a putut răspunde imediat
first he had to do a great deal of thinking
Mai întâi a trebuit să se gândească mult
after much thinking, the dodo finally spoke
După ce s-a gândit mult, Dodo a vorbit în sfârșit
"Everybody has won, and all must have prizes"
"Toată lumea a câștigat și toți trebuie să aibă premii"
"But who is to give the prizes?" asked a chorus of voices
"Dar cine va da premiile?" a întrebat un cor de voci
"Well, she, of course," said the dodo
"Ei bine, ea, desigur", a spus dodo
and the dodo pointed with one finger to Alice
iar dodo a arătat cu un deget către Alice
and the whole party of animals crowded around her
și întregul grup de animale s-a înghesuit în jurul ei
they called out, in a confused way, "Prizes! Prizes!"
ei au strigat, într-un mod confuz: "Premii! Premii!"
Alice had no idea what to do
Alice habar n-avea ce să facă

in despair she put her hand into her pocket
disperată, și-a băgat mâna în buzunar
and she pulled out a box of sweets
și a scos o cutie de dulciuri
luckily the salt-water had not got into the box
Din fericire, apa sărată nu a intrat în cutie
and she handed the sweets around as prizes
și a dat dulciurile ca premii
There was exactly one piece for everyone
Era exact o piesă pentru toată lumea
The next thing they had to do was to eat the sweets
Următorul lucru pe care trebuiau să-l facă era să mănânce dulciurile
this caused some noise and confusion
Acest lucru a provocat zgomot și confuzie
the large birds complained that they could not taste their sweets
Păsările mari se plângeau că nu le pot gusta dulciurile
the small ones choked and had to be patted on the back
Cei mici s-au sufocat și au trebuit să fie bătuți pe spate
However, it was over at last
Cu toate acestea, s-a terminat în sfârșit
and they sat down again in a ring
și s-au așezat din nou într-un inel
and they begged the mouse to tell them something more
și l-au implorat pe șoarece să le mai spună ceva
"You promised to tell me your history, you know," said Alice
— Mi-ai promis să-mi spui istoria ta, știi, spuse Alice
and she made another little remark about cats in a whisper
și a mai făcut o mică remarcă despre pisici în șoaptă
she didn't want to offend the mouse again
Nu voia să-l jignească din nou pe șoarece
the little mouse turned to Alice and sighed
șoarecele s-a întors spre Alice și a oftat
"Mine is a long and a sad tale!"
"A mea este o poveste lungă și tristă!"
"It is a long tail, certainly," said Alice

— E o coadă lungă, cu siguranţă, spuse Alice
and she looked down with wonder at the mouse's tail
şi s-a uitat cu uimire la coada şoarecelui
"but why do you call it a sad tail?"
"Dar de ce o numeşti o coadă tristă?"
And she kept on puzzling about it while the mouse was speaking
Şi a continuat să se întrebe despre asta în timp ce şoarecele vorbea
so that her idea of the tale was something like this
aşa că ideea ei despre poveste era cam aşa

<pre>
        "Fury said to
          a mouse, That
            he met in the
              house, 'Let
                us both go
                  to law: I
                   will prosecute
                   you.—
                 Come, I'll
                take no denial:
              We must have
            the trial;
          For really
        this morning
    I've
    nothing
    to do.'
        Said the
          mouse to
            the cur,
             'Such a
               trial, dear
                sir, With
                   no jury
                    or judge,
                     would
                      be wasting
                     our
                   breath.'
              'I'll be
            judge,
         I'll be
       jury,'
    said
    cunning
      old
        Fury;
          'I'll
            try
             the
              whole
                cause,
                and
                 condemn
               you to
       death.'"
</pre>

Fury said to a mouse, That he met in the house"
Furia i-a spus unui şoarece că s-a întâlnit în casă"
Let us both go to law: I will prosecute you

Să mergem amândoi în justiție: te voi judeca
Come, I'll take no denial: We must have the trial
Hai, nu voi nega: trebuie să avem procesul
For really this morning I've nothing to do
Căci într-adevăr în această dimineață nu am nimic de făcut
Said the mouse to the cur;
A spus șoarecele curului;
Such a trial, dear sir, With no jury or judge, would be wasting our breath
Un astfel de proces, dragă domn, fără juriu sau judecător, ne-ar pierde răsuflarea
"I'll be judge, I'll be jury," said cunning old Fury
— Voi fi judecător, voi fi jurat, spuse bătrânul viclean Fury
I'll try the whole cause, and condemn you to death
Voi judeca întreaga cauză și te voi condamna la moarte
the mouse spoke severely to Alice
șoarecele i-a vorbit sever lui Alice
"You are not paying attention!"
"Nu ești atent!"
"What are you thinking of?"
"La ce te gândești?"
"I beg your pardon," said Alice very humbly
— Vă cer iertare, spuse Alice foarte umilă
"you had got to the fifth bend, I think?"
— Ai ajuns la a cincea curbă, cred?
"You insult me by talking such nonsense!"
"Mă insulti spunând astfel de prostii!"
and the mouse got up and walked away
și șoarecele s-a ridicat și a plecat
Alice called after the little mouse
Alice a strigat după șoarecele mic
"Please come back and finish your story!"
"Vă rog să vă întoarceți și să vă terminați povestea!"
And the others all joined in chorus
Și ceilalți s-au alăturat în cor
"Yes, please do finish your story!"
"Da, te rog să-ți termini povestea!"

But the mouse only shook its head impatiently
Dar șoarecele doar a clătinat din cap cu nerăbdare
and the little mouse walked a little quicker
și șoarecele a mers puțin mai repede
"I wish I had Dinah, our cat, here!" said Alice
— Aș vrea să o am pe Dinah, pisica noastră, aici! spuse Alice
This caused a remarkable sensation among the party
Acest lucru a provocat o senzație remarcabilă în rândul
partidului
Some of the birds hurried off at once
Unele dintre păsări s-au grăbit să plece imediat
and a Canary called out in a trembling voice, to its children;
și un canar a strigat cu voce tremurândă către copiii săi;
"Come away, my dears!"
"Pleacă, dragii mei!"
"It's high time you were all in bed!"
"E timpul să fiți cu toții în pat!"
with various excuses they all went away
Cu diverse scuze au plecat cu toții
and Alice was soon left alone
și Alice a rămas curând singură
"I wish I hadn't mentioned Dinah!"
"Mi-aș fi dorit să nu fi menționat-o pe Dinah!"
"Nobody seems to like her down here"
"Nimănui nu pare să-i placă aici jos"
"but I'm sure she's the best cat in the world!"
dar sunt sigură că e cea mai bună pisică din lume!
Poor Alice began to cry again
Biata Alice a început să plângă din nou
because she felt very lonely and low-spirited
pentru că se simțea foarte singură și deprimată
In a little while, however, she again heard something
După puțin timp, însă, a auzit din nou ceva
a little pattering of footsteps in the distance
un mic zgomot de pași în depărtare
and she looked up eagerly
și ea și-a ridicat privirea cu nerăbdare

The rabbit sends in little Mr Bill
Iepurele îl trimite pe micul domn Bill

It was the white rabbit,trotting slowly back again
Era iepurele alb, trăgând încet înapoi
he was looking about anxiously as he went
se uita în jur cu nerăbdare în timp ce mergea
he looked as if he had lost something
Părea că ar fi pierdut ceva
Alice heard him muttering to himself
Alice l-a auzit mormăind în sinea sa
"The Duchess! The Duchess! Oh, my dear paws!"
"Ducesa! Ducesa! Oh, dragile mele labele!"
"Oh, my fur and whiskers!"
"Oh, blana și mustățile mele!"
"She'll get me executed, I'm sure of that"
"Mă va executa, sunt sigur de asta"
"just as sure as ferrets are ferrets!"
"La fel de sigur ca dihorii sunt dihorii!"

"Where can I have dropped my things, I wonder?"
"Unde aș fi putut să-mi arunc lucrurile, mă întreb?"
Alice guessed in a moment what he was looking for
Alice a ghicit într-o clipă ce căuta
he was looking for the feather fan
Căuta evantaiul cu pene
and he was looking for the pair of white gloves
și căuta perechea de mănuși albe
so she very good-naturedly began looking for the gloves
așa că a început să caute mănușile
and she looked for the feather fan too
și a căutat și evantaiul cu pene
but the gloves and feather fan were nowhere to be seen
dar mănușile și evantaiul de pene nu se vedeau nicăieri
everything seemed to have changed since her swim in the pool
Totul părea să se fi schimbat de când a înotat în piscină
nothing was the same since she had been in the great hall
Nimic nu mai era la fel de când fusese în sala mare
and the glass table had vanished
și masa de sticlă dispăruse
and the little door wasn't there either
și nici ușa mică nu era acolo
Very soon the rabbit noticed Alice
Foarte curând iepurele a observat-o pe Alice
he called to her in an angry tone
El a strigat-o pe un ton furios
"Mary Ann, what are you doing out here?"
"Mary Ann, ce faci aici?"
"Run home this moment"
"Fugi acasă în acest moment"
"and fetch me a pair of gloves and a feather fan!"
"Și aduceți-mi o pereche de mănuși și un evantai de pene!"
"and be quick about it!"
"Și grăbește-te!"
Alice spoke to herself as she ran off
Alice a vorbit cu ea însăși în timp ce fugea

"He must have mistaken me for his housemaid!"
"Probabil că m-a confundat cu menajera lui!"
"How surprised he'll be when he finds out who I am!"
"Cât de surprins va fi când va afla cine sunt!"
As she said this, she came upon a neat little house
În timp ce spunea acestea, a dat peste o căsuță îngrijită
on the door of the house was a bright brass plate
pe ușa casei era o placă de alamă strălucitoare
"W. RABBIT"
"W. IEPURE"
She went in without knocking on the door
A intrat fără să bată la ușă
and she hurried straight upstairs
și s-a grăbit să urce la etaj
she worried that she might meet the real Mary Ann
se temea că ar putea să o întâlnească pe adevărata Mary Ann
because then she would be turned out of the house
pentru că atunci ar fi fost dată afară din casă
and she wouldn't be able to find the feather fan and gloves
și nu ar fi putut găsi evantaiul și mănușile
Alice had found her way into a tidy little room
Alice își găsise drumul într-o cameră mică și ordonată
in the room was a table by the window
În cameră era o masă lângă fereastră
and on the table was a feather fan
și pe masă era un evantai de pene
and there were two or three pairs of tiny white gloves
și erau două sau trei perechi de mănuși albe mici
she picked up the feather fan and a pair of the gloves
A luat evantaiul cu pene și o pereche de mănuși
and she was just about to leave the room
și tocmai era pe cale să părăsească camera
but then her eyes fell upon a little bottle
dar apoi ochii i-au căzut pe o sticlă mică
She uncorked the bottle and put it to her lips
A desfăcut sticla și și-a dus-o la buze
"I do hope it'll make me grow large again"

"Sper că mă va face să cresc din nou"
I'm tired of being such a tiny little thing!"
"M-am săturat să fiu un lucru atât de mic!"
Alice had hardly drunk half the bottle
Alice abia băuse jumătate din sticlă
her head was already pressing against the ceiling
capul îi apăsa deja de tavan
and she had to stoop down
și a trebuit să se aplece
to save her neck from being broken
pentru a-i salva gâtul de la rupere
She hastily put down the bottle
Ea a lăsat în grabă sticla jos
"That's quite enough"
"E destul"
"I hope I don't grow anymore"
"Sper să nu mai cresc"
Alas! It was too late to wish that!
Din păcate! Era prea târziu pentru a-și dori asta!
She went on growing and growing
A continuat să crească și să crească
and very soon she had to kneel down on the floor
și foarte curând a trebuit să îngenuncheze pe podea
and even then she went on growing
și chiar și atunci a continuat să crească
as a last resource she put one arm out of the window
ca ultimă resursă, a scos un braț pe fereastră
and she put one foot up the chimney
și a pus un picior pe horn
"Now I can do no more, whatever happens"
"Acum nu mai pot face nimic, orice s-ar întâmpla"
"What will become of me?"
"Ce se va întâmpla cu mine?"

Alice had a spot of luck
Alice a avut un pic de noroc
the little magic bottle had had its full effect
Mica sticlă magică îşi făcuse efectul deplin
and Alice grew no larger than she was
iar Alice nu a crescut mai mare decât era
After a few minutes she heard a voice outside
După câteva minute, a auzit o voce afară
and she stopped to listen to the voice
şi s-a oprit să asculte vocea
"Mary Ann! Mary Ann!" said the voice
"Mary Ann! Mary Ann!" a spus vocea
"Fetch me my gloves this moment!"
"Aduceţi-mi mănuşile acum!"
Then came a little pattering of feet on the stairs
Apoi a venit un mic zgomot de picioare pe scări
Alice knew it was the rabbit coming to look for her
Alice ştia că iepurele venea să o caute
and she trembled till she shook the house

și a tremurat până a zguduit casa
she quite forgot what her proportions were
a uitat cu totul care erau proporțiile ei
she was a thousand times as large as the rabbit
Era de o mie de ori mai mare decât iepurele
and she had no reason to be afraid of a rabbit
și nu avea niciun motiv să-i fie frică de un iepure
Presently the rabbit came up to the door
În curând, iepurele se apropie de ușă
and the little rabbit tried to open the door
și iepurașul a încercat să deschidă ușa
the door started to open inwards
ușa a început să se deschidă spre interior
but Alice's elbow was pressed hard against the door
dar cotul lui Alice era lipit puternic de ușă
that attempt proved a failure
Această încercare s-a dovedit a fi un eșec
Alice heard the rabbit speak to himself
Alice a auzit iepurele vorbind singur
"Then I'll go around and get in through the window"
"Atunci mă voi întoarce și voi intra pe fereastră"
"That you won't!" thought Alice
"Că nu o vei face!" se gândi Alice
and she waited a little again
și a așteptat din nou puțin
soon she heard the rabbit just under the window
Curând a auzit iepurele chiar sub fereastră
she suddenly spread out her hand
Și-a întins brusc mâna
and she made a snatch in the air
și a făcut o smulgere în aer
She did not get hold of anything
Nu a pus mâna pe nimic
but she heard a little shriek and a fall
dar a auzit un mic țipăt și o cădere
and she heard a crash of broken glass
și a auzit o prăbușire de sticlă spartă

perhaps the rabbit had fallen
poate că iepurele căzuse
maybe he was in a green-house
poate că era într-o seră
Next came an angry voice; the rabbit's voice
Apoi a venit o voce furioasă; Vocea iepurelui
"Pat, where are you?"
"Pat, unde ești?"
And then came a voice she had never heard before
Și apoi a venit o voce pe care nu o mai auzise până atunci
"your honour, I'm here!"
"Onoarea voastră, sunt aici!"
"I'm digging for apples"
"Caut mere"
"Here! Come and help me out of this!"
"Aici! Vino și ajută-mă să ies din asta!"
"Now tell me, Pat, what's that in the window?"
"Acum spune-mi, Pat, ce e asta în fereastră?"
"Sure, your honour, I will tell you"
"Sigur, onoarea voastră, vă voi spune"
"it's an arm that's in the window!"
"Este un braț care este în fereastră!"
"Well, an arm has no business there"
"Ei bine, un braț nu are ce căuta acolo"
"go and take the arm away!"
"Du-te și ia brațul!"
There was a long silence after this
După aceea s-a făcut o lungă tăcere
and Alice could only hear whispers now and then
iar Alice nu auzea decât șoapte din când în când
and at last she spread out her hand again
și în cele din urmă și-a întins din nou mâna
and she made another snatch in the air
și a făcut o altă smulgere în aer
This time there were two little shrieks
De data aceasta s-au auzit două țipete mici
and there was more sounds of broken glass

și au fost mai multe sunete de sticlă spartă
"I wonder what they'll do next!" thought Alice
"Mă întreb ce vor face în continuare!" se gândi Alice
"I wish they would pull me out the window"
"Mi-aș dori să mă scoată pe fereastră"
She waited for some time
A așteptat ceva timp
but for a while she didn't hear anything more
dar pentru o vreme nu a mai auzit nimic
At last came a rumbling of little wheels
În cele din urmă s-a auzit un vuiet de roți mici
and there came the sound of a good many voices
și s-a auzit sunetul multor voci
all the voices were talking together
toate vocile vorbeau împreună
She could make out some of the words
A putut distinge unele dintre cuvinte
"Where's the other ladder?"
"Unde este cealaltă scară?"
"Bill's got the other ladder"
"Bill are cealaltă scară"
"Bill, come here!"
"Bill, vino aici!"
"Will the roof bear the load?"
"Va suporta acoperișul povara?"
"Who wants to go down the chimney?"
"Cine vrea să coboare pe horn?"
"Nay, I shall not! You do it!"
— Nu, nu o voi face! O faci!"
"Here, Bill!"
— Uite, Bill!
"The master says you've got to go down the chimney!"
"Stăpânul spune că trebuie să cobori pe horn!"
Alice drew her foot as far down the chimney as she could
Alice și-a tras piciorul cât de mult a putut pe horn
and then she waited to see what was coming
și apoi a așteptat să vadă ce urmează

she heard a little animal scratching and scrambling
A auzit un animal mic zgâriindu-se şi zgâriindu-se
the little animal must be in the chimney
micul animal trebuie să fie în coş
then she gave one sharp kick
apoi a dat o lovitură puternică
and she waited to see what would happen next
şi a aşteptat să vadă ce se va întâmpla în continuare
she heard a general chorus of voices
a auzit un cor general de voci
"There goes Bill!" they all said
"Iată-l pe Bill!" au spus cu toţii
then she heard the rabbit's voice alone
apoi a auzit vocea iepurelui singură
"You by the hedge, catch him!"
— Tu de gard viu, prinde-l!
there was another moment of silence
A mai fost un moment de reculegere
and then there was another confusion of voices
şi apoi a fost o altă confuzie de voci
"Hold up his head, Brandy"
"Ridică-i capul, Brandy"
"be careful not to choke him"
"ai grijă să nu-l sufoci"
"What happened to you?"
"Ce s-a întâmplat cu tine?"
Last came a little feeble, squeaking voice
Ultima a venit o voce slabă şi scârţâitoare
"Well, I hardly know no more"
"Ei bine, abia ştiu mai multe"
"thank you all, I'm better now"
"Mulţumesc tuturor, sunt mai bine acum"
"there is one thing I can remember"
"Îmi amintesc un lucru"
"something comes at me like a train in a tunnel"
"Ceva vine spre mine ca un tren într-un tunel"
"and up I fly like a sky-rocket!"

"şi zbor în sus ca o rachetă!"
there was a minute or two of silence
A fost un minut sau două de tăcere
and then they began moving about again
şi apoi au început să se mişte din nou
and Alice heard the Rabbit speak again
şi Alice l-a auzit pe iepure vorbind din nou
"A barrowful will do, to begin with"
"Un tumul va fi de ajuns, pentru început"
"A barrowful of what?" thought Alice
"Un tumul de ce?" se gândi Alice
But she was not kept in suspense for long
Dar nu a fost ţinută în suspans mult timp
a shower of little pebbles came through the window
O ploaie de pietricele a intrat pe fereastră
and some of the little pebbles hit her in the face
şi unele pietricele au lovit-o în faţă
Alice was surprised about the little pebbles
Alice a fost surprinsă de pietricelele mici
all the little pebbles were turning into cakes
toate pietricelele mici se transformau în prăjituri
and a bright idea came into her head
şi o idee strălucită i-a venit în cap
"I should eat one of these cakes"
"Ar trebui să mănânc una din prăjiturile astea"
"cake is sure to make some change in my size"
"Tortul va face cu siguranţă o schimbare în dimensiunea mea"
So she swallowed one of the cakes
Aşa că a înghiţit una dintre prăjituri
and she was delighted to find that she began shrinking
şi a fost încântată să afle că a început să se micşoreze
soon she was small enough to get through the door
curând a fost suficient de mică pentru a intra pe uşă
she ran out of the house
a fugit din casă
a crowd of little animals and birds were waiting outside
o mulţime de animale mici şi păsări aşteptau afară

all the little birds and animals rushed at Alice
toate păsările și animalele s-au repezit asupra lui Alice
but she ran off as fast as she could
dar a fugit cât de repede a putut
and soon she found herself safe in a thick wood
și curând s-a trezit în siguranță într-o pădure deasă
Alice wandered about in the woods
Alice rătăcea prin pădure
and she thought to herself:
și se gândi:
"I know what I have to do first"
"Știu ce trebuie să fac mai întâi"
"first I have to grow to my right size again"
"mai întâi trebuie să cresc din nou la dimensiunea potrivită"
"and then I have to find my way into that lovely garden"
"și apoi trebuie să-mi găsesc drumul în acea grădină
minunată"
"I suppose I ought to eat or drink something or other"
"Presupun că ar trebui să mănânc sau să beau ceva sau
altceva"
"but the question is what should I eat or drink?"
"dar întrebarea este ce ar trebui să mănânc sau să beau?"
Alice looked all around her at the flowers
Alice s-a uitat în jur la flori
and she looked through the blades of grass
și s-a uitat printre firele de iarbă
but she could not see anything to eat or drink
dar nu putea vedea nimic de mâncare sau de băut
nothing looked like the right thing to eat or drink
Nimic nu părea a fi corect de mâncat sau de băut
There was a large mushroom growing near her
Era o ciupercă mare care creștea lângă ea
the mushroom was about the same height as Alice
ciuperca avea aproximativ aceeași înălțime ca Alice
She stretched herself up on tiptoes
S-a întins pe vârfuri
and she peeped over the edge of the mushroom

și s-a uitat peste marginea ciupercii
her eyes immediately met the eyes of a large blue caterpillar
Ochii ei s-au întâlnit imediat cu ochii unei omizi albastre mari
the caterpillar was sitting on the top of the mushroom
omida stătea deasupra ciupercii
and the caterpillar had crossed all his arms
iar omida îi încrucișase toate brațele
and he was quietly smoking a long hookah
și fuma în liniște o narghilea lungă
and he took not the smallest notice of anything
și nu a băgat în seamă nimic
and he certainly didn't pay attention to Alice
și cu siguranță nu i-a acordat atenție lui Alice

dvice from a caterpillar
Sfaturi de la o omidă

At last the caterpillar took the hookah out of its mouth
În cele din urmă, omida a scos narghilea din gură
and he addressed Alice in a languid, sleepy voice
și i s-a adresat lui Alice cu o voce lânguitoare și somnoroasă
"Who are you?" said the caterpillar
"Cine ești?" a spus omida

Alice replied, rather shyly, "I hardly know, sir"
Alice a răspuns, destul de timidă: "Abia știu, domnule"
"just at the moment it's all a bit..."
"Tocmai în acest moment totul este un pic..."
"I know who I was when I got up this morning"
"Știu cine eram când m-am trezit azi dimineață"
"but I think I must have changed several times since then"
dar cred că m-am schimbat de mai multe ori de atunci.
"What do you mean by that?" said the caterpillar
"Ce vrei să spui prin asta?" a spus omida
sternly the caterpillar asked her to explain herself
Omida i-a cerut să se explice

"I can't explain myself, I'm afraid, sir," said Alice
— Nu pot să mă explic, mă tem, domnule, spuse Alice
"because I'm not myself"
"pentru că nu sunt eu însumi"
"you see, being so many different sizes in a day is very confusing"
"Vezi, a fi atât de multe dimensiuni diferite într-o zi este foarte confuz"
She pulled herself up and said very gravely:
Ea s-a ridicat și a spus foarte grav:
"I think you ought to tell me who you are, first"
"Cred că ar trebui să-mi spui cine ești, mai întâi"
"Why?" said the caterpillar
"De ce?" a spus omida
Alice could not think of any good reason
Alice nu se putea gândi la niciun motiv întemeiat
and the caterpillar seemed to be in a very unpleasant state of mind
iar omida părea să fie într-o stare de spirit foarte neplăcută
so she turned away
așa că s-a întors
"Come back!" the caterpillar called after her
"Întoarce-te!" a strigat omida după ea
"I've something important to say!"
"Am ceva important de spus!"
Alice turned and came back again
Alice s-a întors și s-a întors din nou
"Keep your temper," said the caterpillar
"Păstrează-ți cumpătul", a spus omida
"Is that all?" said Alice
— Asta e tot? spuse Alice
and she swallowed her anger as well as she could
și și-a înghițit furia cât de bine a putut
"No," said the caterpillar
"Nu", a spus omida
the caterpillar unfolded its arms
omida și-a desfăcut brațele

and he took the hookah out of his mouth again
şi şi-a scos din nou narghilea din gură
and he said, "So you think you're changed, do you?"
şi el a spus: "Deci crezi că te-ai schimbat, nu-i aşa?"
"I'm afraid, I am changed, sir," said Alice
— Mi-e teamă, m-am schimbat, domnule, spuse Alice
"I can't remember things as I used to remember them"
"Nu-mi amintesc lucrurile aşa cum îmi amintesc înainte"
"and I don't stay the same size for more than ten minutes!"
"Şi nu stau la aceeaşi dimensiune mai mult de zece minute!"
"What size do you want to be?" asked the caterpillar
"Ce mărime vrei să ai?" a întrebat omida
"Oh, I don't particularly mind what size I am," Alice hastily replied
"Oh, nu mă deranjează în mod deosebit ce mărime am", a răspuns Alice în grabă
"I just don't like changing size so often, you know"
"Pur şi simplu nu-mi place să schimb dimensiunea atât de des, ştii"
"I would like to be a little larger, sir"
"Aş vrea să fiu puţin mai mare, domnule"
"if you wouldn't mind," added Alice
— Dacă nu te-ar deranja, adăugă Alice
"Ten centimetres is such a wretched height to be"
"Zece centimetri este o înălţime atât de mizerabilă"
"It is a very good height indeed!" said the caterpillar angrily
"Este într-adevăr o înălţime foarte bună!" a spus omida furioasă
and he reared itself upright as he spoke
şi s-a ridicat drept în timp ce vorbea
he was exactly ten centimetres high
avea exact zece centimetri înălţime
In a minute or two, the caterpillar got down off the mushroom
Într-un minut sau două, omida a coborât de pe ciupercă
and he crawled away into the grass
şi s-a târât în iarbă

as he went away, he made some little remarks
Când a plecat, a făcut câteva mici remarci
"One side will make you grow taller"
"O parte te va face să crești mai înalt"
"and the other side will make you grow shorter"
"Și cealaltă parte te va face să devii mai scurt"
"One side of what?" thought Alice to herself
"O parte a ce?" se gândi Alice în sinea ei
"The other side of what?"
"Cealaltă parte a a ce?"
"the side of the mushroom," said the caterpillar
"partea laterală a ciupercii", a spus omida
it was as if she had asked her question aloud
Era ca și cum și-ar fi pus întrebarea cu voce tare
and in another moment, he was out of sight
și într-o altă clipă, a dispărut din vedere
Alice remained looking thoughtfully at the mushroom
Alice a rămas uitându-se gânditoare la ciupercă
she was trying to make out which were the two sides of the
mushroom
încerca să deslușească care erau cele două părți ale ciupercii
At last she stretched her arms around the mushroom
În cele din urmă și-a întins brațele în jurul ciupercii
and she broke off a bit of the edges
și a rupt o bucată din margini
"And now, which side is which?" she said to herself
"Și acum, de ce parte este care?" și-a spus ea
and she nibbled a little of the right-hand bit
și a ciugulit puțin din partea dreaptă
The next moment she felt a violent blow underneath her
chin
În clipa următoare a simțit o lovitură violentă sub bărbie
her chin had struck her foot!
bărbia îi lovise piciorul!
She was a good deal frightened by this very sudden change
A fost destul de speriată de această schimbare foarte bruscă
she was shrinking very rapidly

se micşora foarte repede
so she quickly ate some of the other bit of mushroom
aşa că a mâncat repede o parte din cealaltă ciupercă
Her chin was pressed very closely against her foot
Bărbia îi era apăsată foarte strâns pe picior
there was hardly room to open her mouth
abia mai era loc să-şi deschidă gura
but she did at last manage to open her mouth
dar în cele din urmă a reuşit să deschidă gura
and she swallowed a morsel of the left-hand bit
şi a înghiţit o bucată din bucăţica de mână stângă
"my head's been freed at last!" said Alice
"Capul meu a fost în sfârşit eliberat!" a spus Alice
she looked down at herself
Ea s-a uitat în jos la ea
but all she could see was an immense length of neck
dar tot ce putea vedea era o lungime imensă a gâtului
her neck seemed to rise like a stalk
gâtul ei părea să se ridice ca o tulpină
and she looked down over a sea of green leaves
şi s-a uitat în jos peste o mare de frunze verzi
"Where have my shoulders gotten to?"
"Unde au ajuns umerii mei?"
"And oh, my poor hands, how is it I can't see you?"
"Şi oh, sărmanele mele mâini, cum se face că nu te pot vedea?"
but her neck did have one benefit
Dar gâtul ei a avut un beneficiu
she could move her head in any direction
îşi putea mişca capul în orice direcţie
in fact, she was just like a serpent
de fapt, era ca un şarpe
she gracefully zigzagged her head down
Şi-a zigzagat graţios capul în jos
and she moved her head through the trees
şi şi-a mişcat capul printre copaci
but then she heard a sharp hiss
dar apoi a auzit un şuierat ascuţit

and she quickly pulled her head back
și și-a tras repede capul înapoi
a large pigeon had flown into her face
un porumbel mare îi zburase în față
and the pigeon was violently with its wings
iar porumbelul era violent cu aripile

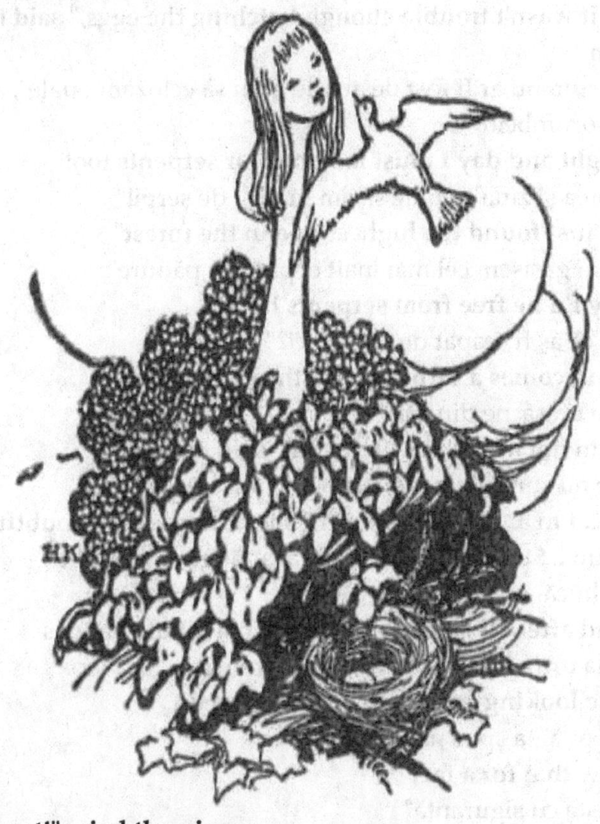

"Serpent!" cried the pigeon
"Șarpe!" a strigat porumbelul
"I'm not a serpent!" said Alice indignantly
— Nu sunt un șarpe! spuse Alice indignată
"Leave me alone!"
"Lasă-mă în pace!"
"I've tried the roots of trees"
"Am încercat rădăcinile copacilor"

"and I've tried hedges," the pigeon went on
"şi am încercat garduri vii", a continuat porumbelul
"but those serpents! There's no pleasing them!"
"Dar acei şerpi! Nu le poţi mulţumi!"
Alice was more and more puzzled
Alice era din ce în ce mai nedumerită
"As if it wasn't trouble enough hatching the eggs," said the pigeon
"Ca şi cum nu ar fi fost destul de greu să eclozăm ouăle", a spus porumbelul
"by night and day I must look out for serpents too!"
"Noaptea şi ziua trebuie să am grijă şi de şerpi!"
"I had just found the highest tree in the forest"
"Tocmai găsisem cel mai înalt copac din pădure"
"surely I'd be free from serpents here?"
"Sigur că aş fi scăpat de şerpi aici?"
"and out comes a serpent from the sky!"
"Şi iese un şarpe din cer!"
"But I'm not a serpent, I tell you!" said Alice
— Dar nu sunt un şarpe, îţi spun! spuse Alice
"I'm a... I'm a... I'm a little girl," she added rather doubtfully
"Sunt un... Sunt un... Sunt o fetiţă, adăugă ea destul de îndoielnică
she had after all been going through a lot of changes
la urma urmei, trecuse prin o mulţime de schimbări
"You're looking for eggs," said the pigeon
"Cauţi ouă", a spus porumbelul
"I know that for a fact"
"Ştiu asta cu siguranţă"
"and what does it matter if you're a little girl or a serpent?"
"Şi ce contează dacă eşti o fetiţă sau un şarpe?"
"It matters a good deal to me," said Alice hastily
— Contează foarte mult pentru mine, spuse Alice în grabă
"but I'm not looking for eggs, as it happens"
"dar nu caut ouă, aşa cum se întâmplă"
"and I wouldn't want your eggs anyway"
"şi oricum nu aş vrea ouăle tale"

"I don't like my eggs raw"
"Nu-mi plac ouăle mele crude"
"Well, be off then!" said the pigeon in a sulky tone
"Ei bine, pleacă atunci!" a spus porumbelul pe un ton îmbufnat
and the pigeon settled down again into its nest
și porumbelul s-a așezat din nou în cuibul său
Alice crouched down among the trees as well as she could
Alice s-a ghemuit printre copaci cât de bine a putut
her neck kept getting entangled among the branches
gâtul ei se încurca printre crengi
every now and then she had to stop and untwist her neck
din când în când trebuia să se oprească și să-și desfacă gâtul
After awhile she remembered the mushroom
După un timp și-a amintit ciuperca
she still held the pieces of mushroom in her hands
Încă ținea bucățile de ciupercă în mâini
and she set to work very carefully
și s-a apucat de treabă cu mare grijă
first she nibbled at one piece
Mai întâi a ciugulit One Piece
and then she nibbled at the other piece
și apoi a ciugulit cealaltă bucată
sometimes she grew taller
uneori creștea mai înaltă
and sometimes she grew shorter
și uneori devenea mai scurtă
but finally she achieved her usual height
dar în cele din urmă și-a atins înălțimea obișnuită
she hadn't been her own height for some time
nu mai avusese înălțimea ei de ceva vreme
so everything felt strange for a while
Așa că totul s-a simțit ciudat pentru o vreme
"The next thing to do is to get into that beautiful garden"
"Următorul lucru de făcut este să intri în acea grădină frumoasă"
"how is that to be done, I wonder?"
cum se poate face asta, mă întreb?

As she said this, she came upon an open place
În timp ce spunea acestea, a dat peste un loc deschis
there was a little house, a bit higher than a metre
era o căsuță, puțin mai înaltă de un metru
"I wonder who lives in this little house"
"Mă întreb cine locuiește în căsuța asta"
"I certainly can't go in as big as I am"
"Cu siguranță nu pot intra la fel de mare cum sunt"
"I would frighten them terribly!"
"I-aș speria teribil!"
so she nibbled at the little mushroom again
așa că a ciugulit din nou ciuperca mică
and soon she brought herself down thirty centimetres
și curând s-a coborât treizeci de centimetri

A pig and some pepper
Un porc și niște piper

For a minute or two she stood looking at the house
Un minut sau două a stat uitându-se la casă
suddenly a footman came running out of the woods
Dintr-o dată, un valet a ieșit în fugă din pădure
he was wearing a special livery uniform
Purta o uniformă specială
judging by his face only, she would have called him a fish
judecând doar după fața lui, ea l-ar fi numit pește
and he rapped loudly at the door with his knuckles
și a bătut tare la ușă cu degetele
the door was opened by another footman
ușa a fost deschisă de un alt valet
this footman too was wearing a special livery
și acest valet purta o livree specială
this footman had a round face and large eyes like a frog
Acest valet avea o față rotundă și ochi mari ca o broască

The footman that looked like a fish initiated the ceremony
Valetul care arăta ca un peşte a iniţiat ceremonia
he pulled out something from under his arm
A scos ceva de sub braţ
and he pulled out from under his arm an envelope
şi a scos de sub braţ un plic
and this envelope he handed over to the other footman
şi acest plic l-a înmânat celuilalt valet
in a ceremonious tone he told him the orders
Pe un ton ceremonios, i-a spus ordinele
"This message is for the Duchess"
"Acest mesaj este pentru ducesă"
"An invitation from the queen to play croquet"
"O invitaţie din partea reginei de a juca croquet"
The footman that looked like a frog repeated the order
Valetul care arăta ca o broască a repetat ordinul
"from the queen"
"De la regină"
"an invitation"
"o invitaţie"
"for the Duchess"
"pentru ducesă"
"playing croquet"
"jucând croquet"
Then they both bowed low
Apoi amândoi s-au înclinat jos
and the curls in their wigs got entangled together
şi buclele din perucile lor s-au încurcat
soon the footman that looked like a fish was gone
curând valetul care arăta ca un peşte a dispărut
but the footman that looked like a frog was still there
dar valetul care arăta ca o broască era încă acolo
he was sitting on the ground near the door
stătea pe pământ lângă uşă
he was staring stupidly up into the sky
se uita stupid la cer
Alice went timidly up to the door and knocked

Alice s-a dus timidă la uşă şi a bătut
"There's no use in knocking," said the footman
— N-are rost să baţi la uşă, spuse valetul
"and that is for two reasons"
"Şi asta din două motive"
"First, because I'm on the same side of the door as you are"
"În primul rând, pentru că sunt de aceeaşi parte a uşii cu tine"
"secondly, because they're making so much noise inside"
"În al doilea rând, pentru că fac atât de mult zgomot înăuntru"
"no one could possibly hear you"
"Nimeni nu te-ar putea auzi"
And there certainly was a most extraordinary noise going on within
Şi cu siguranţă se auzea un zgomot extraordinar înăuntru
a constant howling and sneezing
un urlet şi strănut constant
and every now and then a sound of great crashing
şi din când în când un sunet de mare prăbuşire
as if a dish or kettle had been broken to pieces
ca şi cum o farfurie sau un ceainic ar fi fost rupt în bucăţi
"How am I to get in?" asked Alice
— Cum să intru? întrebă Alice
"Should you get in at all?" said the footman
"Ar trebui să intri deloc?" a spus valetul
"That's the first question, you know"
"Asta e prima întrebare, ştii"
Alice opened the door and went in
Alice a deschis uşa şi a intrat
The door led right into a large kitchen
Uşa ducea direct într-o bucătărie mare
the kitchen was full of smoke from one end to the other
bucătăria era plină de fum de la un capăt la altul
in the middle of the kitchen was the Duchess
în mijlocul bucătăriei era ducesa
she was sitting on a three-legged stool
stătea pe un scaun cu trei picioare
and she was nursing a baby

şi alăpta un copil
the cook was leaning over the fire
Bucătarul se apleca deasupra focului
he was stirring a large caldron
Agita un cazan mare
and the caldron seemed to be full of soup
iar cazanul părea plin de supă
"There's certainly too much pepper in that soup!" Alice said to herself
"Cu siguranţă este prea mult piper în supa asta!" Alice şi-a spus
she said it as best she could without sneezing
A spus-o cât de bine a putut, fără să strănute
Even the Duchess sneezed occasionally
Chiar şi ducesa strănuta din când în când
but the baby's actions were the most noteworthy
dar acţiunile copilului au fost cele mai notabile
the baby was sneezing and howling alternately
bebeluşul strănuta şi urlă alternativ
there was not a moment's pause between howling and sneezing
Nu a fost nici o clipă de pauză între urlete şi strănuturi
There were two creatures in the kitchen that did not sneeze
Erau două creaturi în bucătărie care nu strănutau
the cook was too busy to sneeze
Bucătarul era prea ocupat să strănute
and the large cat did not seem to mind the pepper
iar pisica mare nu părea să se deranjeze de piper
instead, the large cat was grinning from ear to ear
În schimb, pisica mare zâmbea de la ureche la ureche
"Please would you tell me," said Alice, a little timidly
— Te rog să-mi spui, spuse Alice, puţin timidă
"why is your cat grinning like that?"
"De ce zâmbeşte pisica ta aşa?"
"It's a Cheshire-Cat," said the Duchess
— E o pisică Cheshire, spuse ducesa
"and that's why he's grinning from ear to ear"

"Şi de aceea zâmbeşte de la o ureche la alta"
"I didn't know that a Cheshire-Cat always grinned"
"Nu ştiam că o pisică Cheshire zâmbeşte mereu"
"in fact, I didn't know that cats could grin," said Alice
"De fapt, nu ştiam că pisicile pot zâmbi", a spus Alice
"there is much you don't know," said the Duchess
— Sunt multe lucruri pe care nu le ştii, spuse ducesa
"there is much you don't know and that's a fact"
"Sunt multe lucruri pe care nu le ştii şi asta este un fapt"
Just then the cook took the caldron of soup off the fire
Chiar atunci bucătarul a scos cazanul de supă de pe foc
and at once she started throwing everything within her reach
şi imediat a început să arunce tot ce îi stă la îndemână
she threw everything she could at the Duchess and the babe
a aruncat tot ce a putut în ducesă şi în copil
first she threw the fire-irons
Mai întâi a aruncat fiarele de călcat
then she threw a handful of saucepans
apoi a aruncat o mână de cratiţe
and finally she threw the plates and dishes
şi în cele din urmă a aruncat farfuriile şi vasele
The Duchess took no notice of her
Ducesa nu a băgat-o în seamă
even when she was hit by a plate she did not worry
Chiar şi atunci când a fost lovită de o farfurie, nu şi-a făcut
griji
the baby was already howling so much
Copilul deja urlă atât de mult
**so it was impossible to say whether the blows hurt the baby
or not**
aşa că era imposibil de spus dacă loviturile l-au rănit pe copil
sau nu
"Oh, please mind what you're doing!" cried Alice
— Oh, te rog, ai grijă ce faci! strigă Alice
and she jumped up and down in an agony of terror
şi a sărit în sus şi în jos într-o agonie de groază
the Duchess offered Alice the baby

ducesa i-a oferit copilului lui Alice

"Here! You may nurse the baby a bit, if you like!"

"Aici! Poți alăpta puțin copilul, dacă vrei!"

and she flung the baby at her as she spoke

și a aruncat copilul spre ea în timp ce vorbea

"I must go and get ready to play croquet with the queen"

"Trebuie să merg și să mă pregătesc să joc crochet cu regina"

and she hurried out of the room

și ea s-a grăbit să iasă din cameră

Alice caught the baby with some difficulty

Alice a prins copilul cu oarecare dificultate

because it was a very odd-shaped little creature

pentru că era o creatură mică cu formă foarte ciudată

and the baby held out its arms and legs in all directions

iar bebelușul și-a întins brațele și picioarele în toate direcțiile

"I better take this child away with me," thought Alice

"Mai bine îl iau pe acest copil cu mine", se gândi Alice

"they're sure to kill this baby in a day or two"

"Sigur că vor ucide acest copil într-o zi sau două"

"Wouldn't it be murder to leave this baby behind?"

"Nu ar fi o crimă să lași acest copil în urmă?"

She said the last words out loud

Ea a spus ultimele cuvinte cu voce tare

and the little thing grunted in reply

și micuțul a mormăit ca răspuns

"you best not turn into a pig, my dear," said Alice

— Mai bine nu te transformi în porc, draga mea, spuse Alice

"or else I'll have nothing more to do with you"

altfel nu voi mai avea nimic de-a face cu tine.

Alice was just beginning to think to herself:

Alice abia începea să se gândească:

"Now, what am I to do with this creature, when I get it home?"

"Acum, ce să fac cu această creatură, când o voi aduce acasă?"

but then the little creature grunted a little violently

dar apoi micuța creatură mormăi puțin violent

and Alice looked down into its face in some alarm

și Alice s-a uitat în fața lui cu oarecare alarmă
This time there could be no mistake about it
De data aceasta nu putea fi nicio greșeală în privința asta
it was neither more nor less than a pig
nu era nici mai mult, nici mai puțin decât un porc
so she set the little creature down
așa că a lăsat micuța creatură jos
and the little creature trot away quietly into the wood
și micuța creatură se îndepărtează liniștită în pădure
Alice felt quite relieved to see the creature go
Alice s-a simțit destul de ușurată să vadă creatura plecând
Alice was a little startled by seeing the Cheshire-Cat
Alice a fost puțin surprinsă văzând pisica Cheshire
it was sitting on a bough of a tree a few yards off
stătea pe o creangă de copac la câțiva metri distanță
The cat only grinned when it saw her
Pisica a zâmbit doar când a văzut-o
"Cheshire-cat," began Alice, rather timidly
— Pisica Cheshire, începu Alice, destul de timidă
"would you please tell me which way I ought to go from here?"
"Ai putea să-mi spui în ce direcție ar trebui să merg de aici?"
"In that direction," the cat said
"În acea direcție", a spus pisica
and it waved the right paw around
și a fluturat laba dreaptă
"In that direction lives a maker of hats"
"În acea direcție trăiește un producător de pălării"
and then the cat waved its other paw
și apoi pisica și-a fluturat cealaltă labă
"and in that direction lives a march hare"
"Și în acea direcție trăiește un iepure de marș"
"Visit either you like; they're both mad"
"Vizitați oricare dintre cei care doriți; amândoi sunt nebuni"
"But I don't want to go among mad people," Alice remarked
— Dar nu vreau să merg printre nebuni, remarcă Alice
"Oh, you can't help that," said the Cat

— Oh, nu te poți abține, spuse Pisica

"we're all mad here"

"Suntem cu toții nebuni aici"

"are you playing croquet with the queen today?"

"Jucați crochet cu regina astăzi?"

"I would like to very much," said Alice

— Mi-ar plăcea foarte mult, spuse Alice

"but I haven't been invited yet"

"dar nu am fost încă invitat"

"You'll see me there," said the Cat

"Mă vei vedea acolo", a spus Pisica

and from one moment to the next the cat vanished

și de la un moment la altul pisica a dispărut

soon Alice got in sight of the house of the march hare

curând Alice a ajuns la vederea casei iepurelui de marș

this was a very large house

aceasta era o casă foarte mare

so Alice did not want to go near the house

așa că Alice nu a vrut să se apropie de casă

first she had to nibble some more of the left side bit of mushroom

Mai întâi a trebuit să ronțăie puțin din partea stângă a ciupercii

a mad tea-party
o petrecere nebună a ceaiului
In front of the house there was a tree
În fața casei era un copac
and under the tree there was a table
și sub copac era o masă
and the table was set with all sorts of cutlery
iar masa era pusă cu tot felul de tacâmuri
the march hare and the hat maker were at the table
Iepurele de martie și producătorul de pălării erau la masă
and together they were having tea
și împreună beau ceai
a dormouse was sitting between them
un șoricel stătea între ei
and the dormouse was fast asleep
iar șoricul dormea adânc
The table was of extraordinary size
Masa era de dimensiuni extraordinare
but most of the table was unoccupied
dar cea mai mare parte a mesei era neocupată
they sat crowded together at one corner of the table
Stăteau înghesuiți într-un colț al mesei
and yet they made excuses when they saw Alice
și totuși au găsit scuze când au văzut-o pe Alice
"No room! No room!" they cried out
"Nu există loc! Nu există loc!" au strigat ei
"There's plenty of room!" said Alice indignantly
— E loc din belșug! spuse Alice indignată
at one end of the table there was a large arm-chair
la un capăt al mesei era un fotoliu mare
and Alice sat herself in the armchair
și Alice s-a așezat în fotoliu
the hat maker opened his eyes very wide
Pălărierul a deschis ochii foarte larg
he couldn't believe what he was seeing
Nu-i venea să creadă ce vedea
but his mind was curious about other things

dar mintea lui era curioasă despre alte lucruri
"Why is a raven like a writing-desk?"
"De ce este un corb ca un birou?"
Alice was open to the challenge
Alice a fost deschisă provocării
"I'm glad they've begun asking riddles"
"Mă bucur că au început să pună ghicitori"
"I believe I can guess that," she added aloud
— Cred că pot ghici asta, adăugă ea cu voce tare
The march hare grew curious about Alice
Iepurele de marș a devenit curios despre Alice
"Do you really think you can find the answer?"
"Chiar crezi că poți găsi răspunsul?"
"I think I can find the answer indeed," said Alice
— Cred că pot găsi într-adevăr răspunsul, spuse Alice
"Then you should say what you mean," the march hare went on
"Atunci ar trebui să spui ce vrei să spui", a continuat iepurele de marș
"I do say what I mean," Alice hastily replied
— Spun ce vreau să spun, răspunse Alice în grabă
"at the very least I mean what I say"
"cel puțin vorbesc serios ceea ce spun"
"that's the same thing, you know"
"E același lucru, știi"
the dormouse also contributed to the conversation
Șoricul a contribuit și el la conversație
but the dormouse seemed to be talking in its sleep
dar șoricul părea să vorbească în somn
"I breathe when I sleep"
"Respir când dorm"
"I sleep when I breathe!"
"Dorm când respir!"
"you might as well say they are the same too"
"Ai putea la fel de bine să spui că și ei sunt la fel"
"It is the same thing with you," said the hat maker
"Același lucru este și cu tine", a spus pălărierul

and he poured a little tea on the dormouse's nose
și a turnat puțin ceai pe nasul șoricelui
The Dormouse shook its head impatiently
Dormouse a clătinat din cap nerăbdător
and again the dormouse spoke, without opening its eyes
și din nou șoricul a vorbit, fără să deschidă ochii
"Of course, of course it is the same"
"Desigur, bineînțeles că este la fel"
"that's just what I was going to say myself"
"Asta aveam de gând să spun și eu"

The hat maker turned to Alice and asked another question
Pălăriile s-a întors către Alice și i-a pus o altă întrebare
"Have you guessed the riddle yet?"
"Ai ghicit deja ghicitoarea?"
"No, I give up," Alice conceded
"Nu, renunț", a recunoscut Alice
"What's the answer?" she wanted to know
"Care este răspunsul?" a vrut să știe
"I haven't the slightest idea," said the hat maker

— N-am nici cea mai mică idee, spuse pălărierul
"Nor do I know," said the march hare
"Nici nu știu", a spus iepurele de marș
Alice gave a weary sigh
Alice a oftat obosit
"there are better uses of time than riddles without answers"
"Există o utilizare mai bună a timpului decât ghicitori fără răspunsuri"
"have some more tea," the march hare said to Alice, very earnestly
"Mai bea niște ceai", i-a spus iepurele de marș lui Alice, foarte serios
Alice was quite offended by the offer
Alice a fost destul de ofensată de ofertă
"I've had not had tea yet," Alice replied
"Nu am băut încă ceai", a răspuns Alice
"therefore I can't have any more tea"
"de aceea nu mai pot bea ceai"
"You mean you can't have less tea," said the hat maker
"Vrei să spui că nu poți bea mai puțin ceai", a spus pălărierul
"it's very easy to take more than nothing"
"Este foarte ușor să iei mai mult decât nimic"
At this, Alice got up and walked off
Alice s-a ridicat și a plecat
The dormouse fell asleep instantly
Șoricul a adormit instantaneu
and neither of the others took the least notice of her going
și nici unul dintre ceilalți nu a băgat în seamă plecarea ei
though she looked back once or twice
deși s-a uitat înapoi o dată sau de două ori
they were trying to put the dormouse into the tea-pot
încercau să bage șoricul în ceainic
"At any rate, I'll never go there again!" said Alice
— În orice caz, nu voi mai merge niciodată acolo! spuse Alice
and she walked her way through the woods
și și-a croit drum prin pădure
"that was the stupidest tea-party I've ever been to"

"A fost cea mai stupidă petrecere de ceai la care am fost
vreodată"
Just as she said this, she noticed something
Tocmai în timp ce spunea asta, a observat ceva
one of the trees had a door leading right into it
Unul dintre copaci avea o ușă care ducea direct în el
"That's very interesting!" she thought
"E foarte interesant!" se gândi ea
"I think I may as well go through the door"
"Cred că aș putea la fel de bine să intru pe ușă"
And through the door she went
Și a intrat pe ușă
Once more she found herself in the long hall
Încă o dată s-a trezit în holul lung
again she was close to the little glass table
din nou era aproape de măsuța de sticlă
she took the little golden key
A luat cheia mică de aur
and she unlocked the door that led into the garden
și a descuiat ușa care ducea în grădină
Then she set to work nibbling at the mushroom
Apoi s-a apucat de treabă ronțăind ciuperca
she had kept a piece of the mushroom in her pocket
Păstrase o bucată de ciupercă în buzunar
and finally she was about a metre tall
și în cele din urmă avea aproximativ un metru înălțime
then she walked down the little corridor
apoi a mers pe micul coridor
and then she finally found herself in the beautiful garden
și apoi s-a trezit în cele din urmă în frumoasa grădină
and she was among the bright flower and the cool fountains
și era printre florile strălucitoare și fântânile răcoroase

The queen's croquet ground
Terenul de crochet al reginei

A large rose-tree stood near the entrance of the garden
Un trandafir mare stătea lângă intrarea în grădină
the roses growing on the tree were white
trandafirii care creşteau pe copac erau albi
but there were three gardeners painting the rose
dar erau trei grădinari care pictau trandafirul
they were busily painting the roses red
erau ocupaţi să picteze trandafirii în roşu
and Alice was watching them paint the roses red
iar Alice îi privea pictând trandafirii în roşu
and suddenly their eyes chanced to fall upon Alice
şi deodată ochii lor au căzut din întâmplare pe Alice
Alice spoke a little timidly
Alice a vorbit puţin timid
"Would you tell me, please;"
— Ai vrea să-mi spui, te rog;
"why are you all painting those roses?"
"De ce pictaţi cu toţii acei trandafiri?"
five and seven said nothing, but looked at two
cinci şi şapte nu au spus nimic, ci s-au uitat la doi
two spoke, in a low voice
Doi au vorbit cu voce scăzută
"Why, the fact is, you see, madam"
— De ce, adevărul este, vedeţi, doamnă.
"this here ought to have been a red rose-tree"
"Aici ar fi trebuit să fie un trandafir roşu"
"and we put a white rose-tree in by mistake"
"şi am pus din greşeală un trandafir alb"
"as you would agree, the queen must not find out"
"După cum aţi fi de acord, regina nu trebuie să afle"
"else we would all have our heads cut off"
"Altfel ne-am tăia cu toţii capul"
"So you see, madam, we're doing our best"
"Deci vedeţi, doamnă, facem tot posibilul"
card five had been anxiously looking across the garden

Cardul cinci se uitase cu nerăbdare prin grădină
At this moment card five called out, "The queen! The queen!"
În acest moment, cartea a cincea a strigat: "Regina! Regina!"
and the three gardeners instantly scurried away
iar cei trei grădinari au fugit instantaneu
and they threw themselves flat upon their faces
și s-au aruncat cu fața la pământ
There was a sound of many footsteps
Se auzea un sunet de mulți pași
Alice looked around, eager to see the queen
Alice s-a uitat în jur, nerăbdătoare să o vadă pe regină
At the start of the procession were ten soldiers
La începutul procesiunii erau zece soldați
their hands and feet were in the corners
mâinile și picioarele lor erau în colțuri
and in their hands and feet were clubs
și în mâinile și picioarele lor erau bâte
next came the ten courtiers
Apoi au venit cei zece curteni
the courtiers were ornamented all over with diamonds
curtenii erau împodobiți peste tot cu diamante
After the courtiers came the royal children
După curteni au venit copiii regali
there were ten of the royal children
Erau zece copii regali
and all the royal children were ornamented with hearts
și toți copiii împărătești erau împodobiți cu inimioare
Next came the guests; mostly kings and queens
Apoi au venit oaspeții; în mare parte regi și regine
and among the kings and queen Alice saw someone
și printre regi și regină, Alice a văzut pe cineva
she saw again the white rabbit she had chased
A văzut din nou iepurele alb pe care îl urmărise
The procession was followed the knave of hearts
Procesiunea a fost urmată de ticălosul de inimi
he was carrying the king's crown

Purta coroana regelui
and the king's crown was on a crimson velvet cushion
iar coroana regelui era pe o pernă de catifea purpurie
and then came the end of this grand procession
și apoi a venit sfârșitul acestei mari procesiuni
and there at the end were the king and queen of hearts
și acolo, la sfârșit, erau regele și regina inimilor
the procession came opposite to Alice
procesiunea a venit opus lui Alice
and they all stopped and looked at her
și toți s-au oprit și s-au uitat la ea
and the queen said severely, "Who is this?"
și regina a spus sever: "Cine este acesta?"
She said it to the Knave of Hearts
Ea i-a spus-o ticălosului de inimi
but he just bowed and smiled in reply
dar el doar s-a înclinat și a zâmbit ca răspuns
Alice spoke very politely
Alice a vorbit foarte politicos
"My name is Alice, so please your majesty"
"Numele meu este Alice, așa că vă rog maiestatea voastră"
but she had other thoughts to herself
dar avea alte gânduri pentru ea
"they're only a pack of cards, after all!"
"Sunt doar un pachet de cărți, la urma urmei!"
"Can you play croquet?" shouted the queen
"Poți juca croquet?" a strigat regina
The question was evidently meant for Alice
Întrebarea era evident destinată lui Alice
"Yes!" said Alice loudly
"Da!" a spus Alice cu voce tare
"Come play then!" roared the queen
"Vino să te joci atunci!" a răcnit regina
a timid voice spoke to Alice
o voce timidă i-a vorbit lui Alice
"it's a very fine day!"
"Este o zi foarte frumoasă!"

She was walking by the white rabbit
Mergea pe lângă iepurele alb
and the White Rabbit was peeping anxiously into her face
iar Iepurele Alb îi privea neliniștit în față
"a very fine day indeed," confirmed Alice
— Într-adevăr, o zi foarte frumoasă, confirmă Alice
"Where's the duchess?"
"Unde este ducesa?"
"Hush! Hush!" said the Rabbit
"Taci! Taci!" a spus Iepurele
"She's under sentence of execution"
"Ea este condamnată la execuție"
"What is she being executed for?" asked Alice
— Pentru ce este executată? întrebă Alice
"She scuffed the queen's ears," the rabbit began
"I-a zgâriat urechile reginei", a început iepurele
the queen shouted in a voice of thunder
Regina a strigat cu o voce de tunet
"Get to your places!"
"Ajungeți la locurile voastre!"
and people began running about in all directions
și oamenii au început să alerge în toate direcțiile
and they all tumbled up against each other
și toți s-au rostogolit unul împotriva celuilalt
However, they got settled down in a minute or two
Cu toate acestea, s-au liniștit într-un minut sau două
and then the game began
și apoi a început jocul
Alice had never seen such a curious croquet ground
Alice nu văzuse niciodată un teren de crochet atât de curios
the grass was all ridges and furrows
iarba era doar creste și brazde
The croquet balls were real hedgehogs
Bilele de crochet erau adevărați arici
and the mallets were real flamingos
iar ciocanele erau adevărate flamingo
and the soldiers stood on their hands and feet

și soldații stăteau în picioare
because the arches was made from their bodies
pentru că arcadele au fost făcute din corpurile lor
The players all played at once
Jucătorii au jucat toți simultan
nobody waited for their turns
nimeni nu și-a așteptat rândul
and everyone quarrelled with everyone
și toată lumea s-a certat cu toată lumea
and all were fighting for the hedgehogs
și toți se luptau pentru arici
soon the queen was in a furious passion
În curând, regina a fost într-o pasiune furioasă
and she started stamping about and shouting
și a început să calce și să strige
"Chop off his head!"
"Tăiați-i capul!"
"Chop off her head!"
"Tăiați-i capul!"
"Chop all their heads off!"
"Tăiați-le toate capetele!"
Again Alice thought to herself
Alice se gândi din nou în sinea ei
"They're dreadfully fond of beheading people here"
"Le place îngrozitor să decapiteze oamenii aici"
"the great wonder is that there's anyone left alive!"
"Marea minune este că a mai rămas cineva în viață!"
She was looking about for some way of escape
Căuta o cale de scăpare
she noticed a curious appearance in the air
a observat o apariție curioasă în aer
"It's the Cheshire-cat," she said to herself
"E pisica Cheshire", și-a spus ea
"now I shall have somebody to talk to"
"acum voi avea cu cine vorbi"
"How are you getting on?" said the cat
"Cum te descurci?" a spus pisica

"I don't think they play at all fairly," Alice said
"Nu cred că joacă deloc corect", a spus Alice
and she had a rather complaining tone
și avea un ton mai degrabă plângător
"they all quarrel so dreadfully"
"Toți se ceartă atât de îngrozitor"
"one can't hear oneself speak"
"Nu te auzi vorbind"
"and they don't seem to play by any rules"
"Și nu par să joace după nicio regulă"
the cat asked Alice a question in a low voice
pisica i-a pus o întrebare lui Alice cu voce scăzută
"How do you like the queen?"
"Cum îți place regina?"
"I don't like her at all," said Alice
— Nu-mi place deloc, spuse Alice

Alice thought she might as well go back
Alice s-a gândit că ar putea la fel de bine să se întoarcă
she wanted to see how the game was going
A vrut să vadă cum merge jocul
she went off in search of her hedgehog
A plecat în căutarea ariciului ei
The hedgehog was busy fighting another hedgehog
Ariciul era ocupat să se lupte cu un alt arici
this was an excellent opportunity
Aceasta a fost o oportunitate excelentă
she could croquet one hedgehog with the other
putea să facă crochet cu un arici cu celălalt
but her flamingo was on the other side of the garden
dar flamingoul ei era de cealaltă parte a grădinii
the flamingo was rather clumsy
Flamingo era destul de stângaci
her flamingo was trying to fly up into a tree
flamingoul ei încerca să zboare într-un copac
She caught the flamingo by the leg
A prins flamingo de picior
and she tucked the flamingo away under her arm
și și-a ascuns flamingo sub braț
that way the flamingo couldn't escape again
În acest fel, flamingo nu putea scăpa din nou
Just then Alice happened to meet the duchess
Chiar atunci Alice a întâlnit-o pe ducesă
The duchess was now out of prison
Ducesa a ieşit din închisoare
She tucked her arm affectionately under Alice's arm
Și-a băgat brațul sub brațul lui Alice
and then they walked off together
și apoi au plecat împreună
Alice was very glad to find her in such a pleasant temper
Alice a fost foarte bucuroasă să o găsească într-un
temperament atât de plăcut
She was a little startled, however
Cu toate acestea, a fost puțin speriată

she heard the voice of the duchess close to her ear
a auzit vocea ducesei aproape de urechea ei
"You're thinking about something, my dear"
"Te gândești la ceva, draga mea"
"and that makes you forget to talk"
"Și asta te face să uiți să vorbești"
"The game's going on rather better now," Alice said
"Jocul merge destul de bine acum", a spus Alice
it was one way of keeping the conversation going
A fost o modalitate de a menține conversația
"it is so indeed," said the duchess
— Într-adevăr, așa este, spuse ducesa
"and the moral of that is this:"
"Și morala acestui lucru este aceasta:"
"It is love that does it all!"
"Iubirea este cea care face totul!"
"Love is what makes the world go around"
"Iubirea este ceea ce face lumea să se învârtă"
Alice had another explanation
Alice avea o altă explicație
"it's done by everybody minding his own business!"
"Fiecare își vede de treaba lui!"
"Ah, well! You could be right"
"Ah, ei bine! Ai putea avea dreptate"
"It all means much the same thing," said the Duchess
— Totul înseamnă cam același lucru, spuse ducesa
and she dug her sharp little chin into Alice's shoulder
și și-a înfipt bărbia ascuțită în umărul lui Alice
"and the moral of that is this"
"Și morala asta este aceasta"
"Take care of the sense"
"Ai grijă de simțuri"
"and then the sounds will take care of themselves"
"Și atunci sunetele vor avea grijă de ele însele"
but then the duchess's arm began to tremble
dar apoi brațul ducesei a început să tremure
Alice looked up and there stood the queen

Alice s-a uitat în sus și acolo stătea regina
the queen had her arms folded
Regina avea brațele încrucișate
and she was frowning like a thunderstorm!
și se încrunta ca o furtună!
"I give you fair warning," shouted the queen
"Vă avertizez corect", a strigat regina
and she stomped on the ground as she spoke
și a călcat în picioare în timp ce vorbea
"either your head or her head must be off"
"Fie capul tău, fie capul ei trebuie să fie oprit"
"Take your choice!"
"Alege!"
"and be quick about it"
"și să te grăbești cu asta"
The duchess made her choice
Ducesa a făcut alegerea ei
and within a moment the duchess was gone
și într-o clipă ducesa a dispărut
Then the queen spoke to Alice
Apoi regina i-a vorbit lui Alice
"Let's go on with the game"
"Să continuăm jocul"
Alice was too frightened to say a word
Alice era prea speriată ca să spună un cuvânt
and she slowly followed her back to the croquet-ground
și a urmat-o încet înapoi la croquet
the whole time the queen quarrelled with the other players
Tot timpul regina s-a certat cu ceilalți jucători
"Chop off his head!"
"Tăiați-i capul!"
"Chop off her head!"
"Tăiați-i capul!"
"Chop all their heads off!"
"Tăiați-le toate capetele!"
soon all the players were in custody
În curând, toți jucătorii au fost în custodie

only the king, the queen, and Alice remained
doar regele, regina și Alice au rămas
Then the queen left, quite out of breath
Apoi regina a plecat, fără suflare
and she walked away with Alice
și a plecat cu Alice
Alice heard the king quietly say something
Alice l-a auzit pe rege spunând ceva în liniște
"You are all pardoned"
"Sunteți cu toții iertați"
but suddenly there was another cry heard
dar dintr-o dată s-a auzit un alt strigăt
"The trial is beginning!"
"Procesul începe!"
and Alice ran along with the others
și Alice a alergat împreună cu ceilalți

who stole the tarts?

Cine a furat tartele?

The king and queen of hearts were seated

Regele și regina de inimi s-au așezat

they were on their throne when Alice arrived

erau pe tronul lor când a sosit Alice

there was a great crowd assembled around them

Era o mare mulțime adunată în jurul lor

there were all sorts of little birds and beasts

erau tot felul de păsări și animale

and there was the whole pack of cards

și acolo era tot pachetul de cărți

the knave was standing in front of them, in chains

ticălosul stătea în fața lor, în lanțuri

and there was a soldier on each side to guard him

și era câte un soldat de fiecare parte care să-l păzească

near the King was the white rabbit

lângă rege era iepurele alb

he had a trumpet in one hand

avea o trompetă într-o mână

and he had a scroll of parchment in the other hand

și avea un sul de pergament în cealaltă mână

In the very middle of the court was a table

Chiar în mijlocul curții era o masă

on the table was a large dish of tarts

Pe masă era un fel mare de tarte

"I wish they'd get the trial done," Alice thought

"Mi-aș dori să ducă la bun sfârșit procesul", se gândi Alice

"then we could eat some of those refreshments!"

"Atunci am putea mânca niște băuturi răcoritoare!"

The judge, by the way, was the king
Judecătorul, apropo, era regele
and he wore his crown over his great wig
și și-a purtat coroana peste peruca sa mare
"That's the jury-box," thought Alice
— Asta e boxa juraților, se gândi Alice
"and those twelve creatures, I suppose they are the jurors"
"și acele douăsprezece creaturi, presupun că sunt jurații"
some were animals, and some were birds
unele erau animale, iar altele erau păsări
Just then the white rabbit cried out
Chiar atunci iepurele alb a strigat
"Silence in the court!"
"Liniște în curte!"
"Herald, read the accusation!" said the king
"Vestitor, citește acuzația!" a spus regele
the white rabbit blew three blasts on the trumpet
Iepurele Alb a suflat trei sunete la trompetă
then he unrolled the parchment-scroll

apoi a derulat pergamentul
and he read as follows:
și a citit următoarele:
"The queen of hearts, she made some tarts,"
"Regina inimilor, a făcut niște tarte"
"All this she did on a summer day"
"Toate acestea le-a făcut într-o zi de vară"
"The knave of hearts, he stole those tarts"
"Ticălosul inimilor, a furat acele tarte"
"And he took those tarts far away!"
"Și a luat acele tarte departe!"
"Call the first witness," said the king
"Cheamă primul martor", a spus regele
and the white rabbit blew three blasts on the trumpet
iar iepurele alb a sunat trei sunete de trâmbiță
"bring the first witness!" he called out
"Aduceți primul martor!" a strigat el
The first witness was the hat maker
Primul martor a fost producătorul de pălării
he came in with a teacup in one hand
A intrat cu o ceașcă de ceai într-o mână
and he had a piece of bread and butter in the other hand
și avea o bucată de pâine și unt în cealaltă mână
"You ought to have finished," said the King
— Ar fi trebuit să termini, spuse regele
"When did you begin?"
"Când ai început?"
The hat maker looked at the march hare
Pălăriile s-au uitat la iepurele de marș
the march hare had followed him into the court
Iepurele de martie l-a urmat în curte
he had walked arm in arm with the dormouse
A mers braț la braț cu șoricul
"Fourteenth of March, I think it was," he said
"Paisprezece martie, cred că a fost", a spus el
"Give your evidence," said the king
"Dă-ți mărturia", a spus regele

"and don't be nervous, or I'll have you executed on the spot"
"şi nu fi nervos, altfel te voi executa pe loc"
This did not seem to encourage the witness at all
Acest lucru nu părea să-l încurajeze deloc pe martor
he kept shifting from one foot to the other
A continuat să se miște de la un picior la altul
and he looked uneasily at the queen
şi s-a uitat neliniştit la regină
and, in his confusion, he bit a large piece out of his teacup
şi, în confuzia lui, a muşcat o bucată mare din ceaşca de ceai
really he meant to bite from his bread and butter
Într-adevăr, a vrut să muşte din pâinea şi untul său
Just at this moment Alice felt a very curious sensation
Chiar în acest moment Alice a simţit o senzaţie foarte curioasă
she was beginning to grow larger again
începea să crească din nou
The miserable hat maker dropped his teacup
Mizerabilul pălărier şi-a scăpat ceaşca de ceai
and the bread and butter fell to the ground
şi pâinea şi untul au căzut la pământ
and he went down on one knee
şi a căzut în genunchi
"I'm a poor man, your majesty," he began
"Sunt un om sărac, maiestatea voastră", a început el
"You're a very poor speaker," said the king
"Eşti un vorbitor foarte slab", a spus regele
"You may go," said the king
"Poţi să pleci", a spus regele
and the hat maker hurriedly left the court
iar pălărierul a părăsit în grabă curtea
"Call the next witness!" said the king
"Cheamă următorul martor!" a spus regele
The next witness was the duchess's cook
Următorul martor a fost bucătarul ducesei
She carried the pepper-box in her hand
Purta cutia de piper în mână
and the people near the door began sneezing all at once

și oamenii de lângă ușă au început să strănute dintr-o dată
"Give your evidence," said the king
"Dă-ți mărturia", a spus regele
"I shall give no evidence," said the cook
"Nu voi da nicio mărturie", a spus bucătarul
The king looked anxiously at the white rabbit
Regele s-a uitat neliniștit la iepurele alb
and the white rabbit spoke in a quiet voice
iar iepurele alb a vorbit cu o voce liniștită
"your majesty must cross-examine this witness"
"Majestatea Voastră trebuie să interogheze acest martor"
"Well, if I must, I must," the king said
"Ei bine, dacă trebuie, trebuie", a spus regele
"What are tarts made of?"
"Din ce sunt făcute tartele?"
"tarts are made of pepper, mostly," said the cook
"Tartele sunt făcute din piper, în mare parte", a spus bucătarul
For some minutes the whole court was in confusion
Timp de câteva minute, întreaga curte a fost în confuzie
eventually they all settled down again
În cele din urmă s-au liniștit din nou
but by then the cook had disappeared
dar până atunci bucătarul dispăruse
"Never mind!" said the king
"Nu contează!" a spus regele
"call to the stand the next witness"
"Chemați la tribună următorul martor"
Alice watched the white rabbit as he fumbled over the list
Alice l-a privit pe iepurele alb în timp ce se uita peste listă
you can imagine her surprise at what she heard next
Vă puteți imagina surpriza ei la ceea ce a auzit în continuare
at the top of his shrill little voice, he called the name "Alice!"
cu vocea sa stridentă, a strigat numele "Alice!"

Alice's evidence
Mărturia lui Alice

"Here!" cried Alice
— Uite! strigă Alice
She jumped up in a great hurry
A sărit în sus în mare grabă
and she tipped over the jury-box
și a răsturnat boxa juraților
and she knocked over all the jurymen
și i-a doborât pe toți jurații
and they fell on to the heads of the crowd below
și au căzut în capetele mulțimii de jos
Alice was in great dismay
Alice era foarte consternată
"Oh, I beg your pardon!" she exclaimed
"Oh, vă cer iertare!" a exclamat ea
"The trial cannot proceed," said the king
"Procesul nu poate continua", a spus regele
"the jurymen must get back in their proper places"
"Jurații trebuie să se întoarcă la locurile lor"
he repeated the order with great emphasis
a repetat ordinul cu mare emfază
and he looked at Alice sternly
și s-a uitat la Alice cu severitate
"What do you know about these events?" the king asked Alice
"Ce știi despre aceste evenimente?" a întrebat-o regele pe Alice
"I know nothing on the subject," said Alice
— Nu știu nimic despre acest subiect, spuse Alice
The king then read from his book
Regele a citit apoi din cartea sa
"Rule forty two"
"Regula patruzeci și doi"
"All persons more than a mile high are to leave the court"
"Toate persoanele cu o înălțime mai mare de un kilometru
trebuie să părăsească curtea"
"I'm not a mile high," said Alice

— Nu am nici o milă înălțime, spuse Alice
"Nearly two miles high," said the Queen
"Aproape două mile înălțime", a spus regina

"Well, I refuse to go," said Alice
— Ei bine, refuz să plec, spuse Alice
The king turned pale
Regele a devenit palid
and he shut his note-book hastily
și și-a închis în grabă carnețelul
"Consider your verdict," he said to the jury
"Luați în considerare verdictul vostru", a spus el juriului
he spoke in a low, trembling voice
a vorbit cu o voce joasă și tremurândă
then the white rabbit spoke
Apoi iepurele alb a vorbit
"There's more evidence to come yet"
"Mai sunt încă mai multe dovezi"
and he jumped up in a great hurry
și a sărit în sus în mare grabă

"This paper has just been picked up"
"Acest ziar tocmai a fost ridicat"
"It seems to be a letter written by the prisoner"
"Pare a fi o scrisoare scrisă de prizonier"
He unfolded the paper as he spoke
A desfăcut hârtia în timp ce vorbea
"It isn't a letter, after all"
"Nu este o scrisoare, la urma urmei"
"what it was was a set of verses"
"Ceea ce a fost a fost un set de versuri"
"Please, your majesty," said the knave
"Vă rog, maiestatea voastră", a spus ticălosul
"I didn't write those verses"
"Nu eu am scris acele versuri"
"and they can't prove that I wrote anything"
"și nu pot dovedi că am scris ceva"
"there's no name signed at the end"
"Nu există niciun nume semnat la sfârșit"
the king spoke to the knave
Regele i-a vorbit ticălosului
"You must have meant to cause some mischief"
"Probabil că ai vrut să faci vreo răutate"
"else you'd have signed your name like an honest man"
"altfel ți-ai fi semnat numele ca un om cinstit"
There was a general clapping of hands
S-a auzit o bătaie generală de palme
and the king turned to the white rabbit
și regele s-a întors către iepurele alb
"Read the verses," he ordered
"Citiți versetele", a ordonat el
There was dead silence in the court
A fost tăcere de moarte în curte
and the white rabbit read out the verses
iar iepurele alb a citit versetele
They told me you had been to her
Mi-au spus că ai fost la ea
And they mentioned me to him

Şi m-au povestit de el
She gave me a good character
Mi-a dat un caracter bun
But she said I could not swim
Dar ea a spus că nu ştiu să înot
He sent them word I had not gone
Le-a trimis vestea că nu am plecat
We know it to be true
Ştim că este adevărat
If she should push the matter on, what would become of you?
Dacă ar insista mai departe, ce s-ar întâmpla cu tine?
I gave her one, they gave him two
I-am dat unul, ei i-au dat două
You gave us three or more
Ne-ai dat trei sau mai multe
They all returned from him to you
Toţi s-au întors de la el la tine
although they were mine before
deşi erau ale mele înainte
If I or she should chance to be
Dacă eu sau ea am avea şansa să fiu
If I or she were involved in this affair
Dacă eu sau ea am fost implicaţi în această afacere
He trusts to you to set them free
El se încrede în tine să-i eliberezi
Exactly as we were
Exact aşa cum eram noi
My notion was that you had been
Ideea mea a fost că ai fost
Before she had this fit
Înainte de a avea această criză
An obstacle that came between
Un obstacol care s-a interpus,
Him, and ourselves, and it
El şi noi înşine, şi
Don't let him know she liked them best

Nu-l lăsa să știe că îi place cel mai mult
For this must for ever be a secret, kept from all the rest
Căci aceasta trebuie să fie pentru totdeauna un secret, ascuns de toate celelalte
This secret must remain a secret between yourself and me
Acest secret trebuie să rămână un secret între tine și mine
the king was very impressed
Regele a fost foarte impresionat
"That's the most important piece of evidence we've heard yet"
"Aceasta este cea mai importantă dovadă pe care am auzit-o până acum"
"I don't believe those verses carry an atom of meaning," objected Alice
"Nu cred că acele versete au un atom de semnificație", a obiectat Alice
the King had his own opinion on the matter
regele avea propria sa părere în această privință
"If there's no meaning in those words, that saves a world of trouble"
"Dacă nu există niciun sens în aceste cuvinte, asta salvează o lume de probleme"
"then we needn't try to find the meaning"
"Atunci nu trebuie să încercăm să găsim sensul"
"Let the jury consider their verdict"
"Lăsați juriul să-și ia în considerare verdictul"
"No, no!" said the queen
"Nu, nu!" a spus regina
"Sentencing first — verdict afterwards"
"Sentința mai întâi – verdictul după"
"Stuff and nonsense!" said Alice loudly
"Chestii și prostii!" a spus Alice cu voce tare
"how silly it is to sentence the defendant first!"
"Ce prostesc este să-l condamni pe inculpat primul!"

"Hold your tongue!" said the queen, turning purple
"Ţine-ţi limba!" a spus regina, devenind purpurie
"I will not hold my tongue!" said Alice
— Nu îmi voi ţine limba! spuse Alice
the queen shouted at the top of her voice
Regina a strigat cu voce tare
"chop off her head!"
"Tăiaţi-i capul!"
Nobody made a movement
Nimeni nu a făcut o mişcare
"Who cares what you say?" said Alice
"Cui îi pasă ce spui?" a spus Alice
she had grown to her full size by this time
ea crescuse până la dimensiunea ei maximă până în acest moment
"You're nothing but a pack of cards!"

"Nu eşti altceva decât un pachet de cărţi!"
At this, all the cards rose up in the air
La aceasta, toate cărţile s-au ridicat în aer
and all the cards came flying down upon her
şi toate cărţile au zburat peste ea
she gave a little scream
a scos un mic ţipăt
she was half afraid, but also angry
Îi era pe jumătate frică, dar şi furioasă
and she tried to fight the cards off of herself
şi a încercat să lupte cu cărţile de pe ea însăşi
and then she found herself lying on the grass bank
şi apoi s-a trezit întinsă pe malul de iarbă
her head was in the lap of her sister
capul ei era în poala surorii ei
some dead leaves had landed on her face
nişte frunze moarte aterizaseră pe faţa ei
and her sister was gently brushing the leaves away
iar sora ei îndepărta uşor frunzele
"Wake up, Alice dear!" said her sister
"Trezeşte-te, dragă Alice!" a spus sora ei
"what a long sleep you've had!"
"Ce somn lung ai avut!"
"Oh, I've had such a curious dream!" said Alice
— Oh, am avut un vis atât de ciudat! spuse Alice
And she told her sister all she could remember
Şi i-a spus surorii sale tot ce şi-a putut aminti
all the strange adventures that you have just been reading about
toate aventurile ciudate despre care tocmai ai citit
Alice got up and ran off
Alice s-a ridicat şi a fugit
and she thought, while she ran, about her dream
şi se gândea, în timp ce alerga, la visul ei
"what a wonderful dream it had been!"
Ce vis minunat a fost!